contos

Ivo Bender

contos

L&PM EDITORES

Texto de acordo com a nova ortografia.

Capa: Ivan Pinheiro Machado
Revisão: Marianne Scholze e Lia Cremonese

CIP-Brasil. Catalogação-na-Fonte
Sindicato Nacional dos Editores de Livros, RJ.

B396c

Bender, Ivo, 1936-
Contos / Ivo Bender. – Porto Alegre, RS: L&PM, 2010.
136p.

ISBN 978-85-254-2077-0

1. Conto brasileiro. I. Título.

10-4325. CDD: 869.93
CDU: 821.134.3(81)-3

Rua Comendador Coruja, 314, loja 9 – Floresta – 90220-180
Porto Alegre – RS – Brasil / Fone: 51.3225-5777 – Fax: 51.3221-5380

Pedidos & Depto. Comercial: vendas@lpm.com.br
Fale conosco: info@lpm.com.br
www.lpm.com.br

Impresso no Brasil
Primavera de 2010

Sumário

Apresentação

Contos

Onde "o passado ainda não é passado"

*Regina Zilberman**

Nos contos de Ivo Bender percorre-se o mapa do Rio Grande do Sul: "Aljofres" passa-se em uma praia do litoral norte, "Brau Lopes" localiza-se nos Campos de Cima da Serra, o noroeste serrano aparece em "Campos de Santa Maria do Egito", a região fronteiriça é o pano de fundo de "Mercês". A circunstância de cada uma das narrativas receber o nome da cidade onde acontece a ação é sintomática da intenção de desenhar uma cartografia ficcional para o Sul do Brasil. Mas o que predomina, no conjunto das nove histórias, é o universo da colonização alemã, localizada em torno do Vale do Rio dos Sinos, onde se acomodaram os primeiros imigrantes provenientes da Europa central: os enredos de "Corticeira", "Espinheiros", "Pedra Marcada", "Sonora" e "Vale das Tílias" são protagonizados pelos descendentes dos primeiros alemães que pisaram o solo rio-grandense nas primeiras décadas do século XIX.

Porém, identificar o lugar onde se desenvolvem as narrativas diz pouco sobre elas. Afinal, a finalidade dos textos não é contemplar as distintas áreas do estado e,

* Doutora em Romanística e professora de Teoria da Literatura e Literatura Brasileira.

desse modo, prestar uma homenagem tardia ao Regionalismo, que tanto assinalou a literatura produzida no Rio Grande do Sul desde suas primeiras manifestações por ocasião do Romantismo. Pelo contrário, seu intuito parece ser a construção de territórios puramente imaginários, cuja singularidade se intensifica graças à incorporação de elementos característicos da paisagem e do clima sulinos. Assim, a praia de Aljofres interessa enquanto cenário, porque o inverno transforma o ambiente, originalmente destinado ao prosaico veraneio de famílias em férias, em um deserto desabitado, onde o protagonista pode viver um amor mediado pelo sobrenatural. Da mesma maneira, "Mercês" desdobra-se na fronteira entre o Brasil e a Argentina, porque as personagens colocam-se entre dois mundos, o da obediência, de uma parte, e o da transgressão, de outra.

Por essa razão, a maioria das histórias inicia-se por uma descrição meticulosa do espaço onde transcorre a narrativa, conferindo particular ênfase às características da natureza. Destacam-se sobretudo as estações próprias aos climas temperados, como o inverno e o outono, períodos menos solares e mais inclementes, nem sempre favoráveis à ação humana, como se o contista desejasse demarcar a diferença e excepcionalidade do espaço vivido pelas figuras ficcionais. A ausência de menções à modernidade ou à tecnologia – os meios de transporte são precários ou inexistentes (em "Aljofres", o caseiro sugere ao tradutor que passeie a cavalo; em "Sonora", Romano chega a pé às terras de Bertholdo; em "Pedra Marcada", Felipe caminha até a fazenda de Guilhermina); os agrupamentos humanos carecem de aparelhos típicos da vida urbana (em "Vale das Tílias", não há hotel, e o narrador hospeda-se em uma residência que ocasionalmente funciona como pensão; situação similar ocorre com Felipe, em "Pedra Marcada") – complementa a estruturação do ambiente, que se mostra anacrônico ou primitivo, mesmo quando os eventos se desenrolam nas últimas décadas do século XX ou no começo do século XXI.

A desertificação do espaço (como em "Aljofres" ou "Campos de Santa Maria do Egito") e o imobilismo do tempo compõem o sistema peculiar dos nove contos de Ivo Bender, conformando um mundo que, distribuído entre regiões do Rio Grande do Sul, tem existência própria e autônoma, com suas personagens características, marcadas, a maioria, pela excentricidade. Assim, o tradutor de "Aljofres" conversa com espíritos, os cabelos ruivos de Roswita, de "Corticeira", crescem da noite para o dia, além de servirem de material para a confecção de uma tapeçaria sofisticada e única. Por sua vez, Guilhermina, de "Pedra Marcada", convive pacificamente com os lobos, convertendo o amável Felipe a essa companhia surpreendente, enquanto Romano, de "Sonora", cultiva as abelhas com as quais se identifica, seduzindo Martha para o doce universo que representa.

Mesclando o presente e o arcaísmo visceral de locais como o Vale das Tílias ou Pedra Marcada, a sanidade e a loucura, como em "Espinheiros", o real e o sobrenatural, como em "Aljofres", "Brau Lopes", "Campos de Santa Maria do Egito", "Corticeira", "Pedra Marcada", "Sonora" e "Vale das Tílias", Ivo Bender produz um conjunto harmônico e equilibrado de contos fantásticos. A filiação ao gênero faz-se ao melhor estilo, conforme o descreve Tzvetan Todorov, em sua renomada *Introdução à literatura fantástica*: as histórias não podem ser racionalizadas, o que as dessacralizaria; nem coincidem inteiramente com o maravilhoso, já que fatos narrados – como a visão de Emily Dickinson pelo tradutor obcecado pela poesia da escritora norte-americana; ou o aparecimento do assassinado Peter Blauth para o narrador de "Vale das Tílias" – podem muito bem resultar de alucinações, fantasias ou desejos daquelas personagens.

E, como nas melhores histórias desse gênero, a emergência da personagem ou do acontecimento fantástico vem acompanhada, primeiramente, de mistério, depois, de malignidade. Mesmo em "Aljofres", o fantasma de Emily Dickinson assombra o protagonista, provocando sua derrocada, de que somente sobrevive graças ao bom e calejado caseiro. Em outros contos, o mal pode evidenciar-se de modo central ("Campos de Santa Maria do Egito"), mas seguidamente apresenta-se de maneira colateral e sinistra ("Espinheiros", "Pedra Marcada", "Vale das Tílias"), fazendo com que se torne difícil combatê-lo e impossível erradicá-lo.

Do lado do mal está a violência, latente ("Mercês", "Vale das Tílias") ou explícita ("Corticeira"), reprimida ("Sonora") ou em vias de explodir ("Espinheiros"), natural ("Pedra Marcada") ou cultivada ("Mercês"). A violência migra de um conto a outro, como se transitasse pelo mapa ficcional das narrativas. A seu lado, marcha a primitividade do ambiente, como se esse fosse condição daquela. Contudo, o contrário seria mais adequado: porque a violência é onipresente, o ambiente não esconde seu arcaísmo, regredindo às origens da civilização.

A cartografia de Ivo Bender revela então seu significado maior: os contos movem-se pelo campo do inconsciente, que encontra sua representação no território imaginado para um Rio Grande do Sul alegórico. Nesse, "o passado ainda não é passado", porque, para a força das pulsões primárias, não há história, nem progresso. Nem mesmo saída, a não ser quando expressa pela melhor literatura.

É o que faz Ivo Bender: explorando as potencialidades do espaço sulino e de suas tradições históricas e culturais, o escritor oferece contos em que nos reencontramos, indivíduos que teremos condições para construir uma civilização e uma cidadania, se melhor conhecermos, por meio da ficção, o dificilmente traduzível inconsciente e seus desejos pulsionais. Não por outra razão o escritor aparece na pele e na figura do tradutor de "Aljofres", corporificação fiel e confiável do processo de criação e expressão que fundamenta o conjunto de relatos de Ivo Bender.

Campos de Santa Maria do Egito

Lá para o noroeste do estado, entre Cará-Mirim e Caibaté, corre um rio profundo, estreito e vagaroso. Com algumas boas braçadas, pode-se passar de uma margem à outra em poucos minutos. Isso, naturalmente, se o sujeito for um bom nadador, pois aquelas águas são traiçoeiras e, pelo que dizem, não foram poucos os que desapareceram em seus remoinhos.

Rio do Corpo é como uns o chamam. Outros dizem Arroio do Corpo. Há divergências na classificação do curso d'água, se arroio ou se rio. Também não há concordância quanto ao nome do rio-arroio. Uns afirmam que, de fato, o verdadeiro nome é Rio do Corso, alusão a um bandoleiro – o Corso – que, com seu grupo, assaltava propriedades na região, ao final do século XIX. Esse tal Corso fazia suas incursões quando informado de que os homens das granjas ou estâncias se encontravam ausentes. Chegava com seu bando no meio da noite e partia antes do amanhecer levando consigo o que pudesse roubar.

Outros, raros, insistem que o nome legítimo do rio é Arroio do Corvo, isso por causa da ave ali existente, outrora, em grandes bandos. E alguns não explicam nem especulam. Consideram que rio ou arroio do Corvo soa tão bem quanto arroio ou rio do Corso. Mas, sempre que precisam referi-lo, chamam-no de Arroio do Corpo.

Nunca se ouviu dizer que os campos cortados pelo rio-arroio fossem lá muito férteis. Até pelo contrário. Mesmo assim, a criação de ovinos ou de gado sustentou por muito tempo algumas famílias da região e até lhes assegurou uma relativa riqueza, embora, a partir da década de 1970, sob orientação e incentivo de agrônomos e bancos oficiais, a *plantation* tenha substituído a pecuária. A mudança na economia trouxe consigo a miséria e a urgente necessidade de migrar para os que tinham pouca terra e a venderam, a preço vil, para negociantes de fora.

O viajante que, ao se deslocar pela região, acostumou a vista ao crespo verdor da soja, fica surpreso com uma outra paisagem quando se aproxima do rio. Nessas imediações, a soja vai rareando e o capim, bem como qualquer touceira verde, seja cardo santo ou barba-de-bode, é tragado pela desertificação. Começando às margens da água, as leves ondulações de areia cintilante se estendem por uma boa extensão terra adentro. Depois, cedem lugar a um solo vermelho, menos avaro, e as plantações passam a dominar.

Técnicos de uma universidade regional explicam o surgimento do lençol arenoso. Afirmam que o desmatamento e a monocultura teriam sido responsáveis pela formação do deserto e, assim, desqualificam a explicação dada pelos moradores. Esses fazem recuar, à década de 1890, os primeiros sinais das areias. E, fato inusitado, embora nenhuma medida tenha sido tomada para conter o avanço do areal, o fenômeno permanece circunscrito às margens e proximidades do rio.

Os proprietários que resistiram às ofertas de compra e que, de um modo ou de outro, conseguiram sobreviver à nova cultura pertencem a famílias ali estabelecidas num passado já sem data. Todas têm um bisavô que sabia das lendas e assombrações do lugar, uma velha madrinha conhecedora de rezas fortes ou um tio-avô testemunha de chacinas, numa dessas revoluções que sacudiram a província. Pelo que contam, a desertificação se deu a partir de um outro acontecimento. Ingênua e supersticiosa, a narrativa refere uma certa Maria Egídia, viúva bonita que teria o nome, desde o início, ligado ao areal.

Filha de bugra com branco, conhecedora de ervas e unguentos, era a única parteira naqueles confins. Sabia também extrair um projétil encravado num músculo sem matar de dor o ferido, e – para o respeitoso espanto de muitos – tinha certo conhecimento de cirurgia. Para operar, anestesiava a carne a ser aberta com o sumo de cascas e raízes maceradas. Por isso, era sempre vista como um anjo benfazejo onde quer que houvesse estropiados ou feridos de guerra. E, prosseguem, Maria Egídia havia sido chamada para atender feridos num acampamento, algumas léguas campo adentro, do outro lado do rio. O comandante do grupo sabia da curandeira e, na ausência de um médico maragato, mandou um de seus homens solicitar os préstimos da mulher. Mais afeita a ouvir do que a falar, ela prometeu, sem mais indagações, fazer o favor que lhe pediam:

– Diga que amanhã cedo vou lá.

O homem explica:

– Depois de cruzar o arroio, umas poucas léguas sempre em frente.

– Eu acho o acampamento – ela o tranquiliza.

– Vosmecê tome este dinheiro para a balsa; é o tenente que lhe envia.

E aqui termina, pelo que contam, a conversa entre a mulher e o enviado.

Na manhã seguinte, mal clareava o horizonte, Maria Egídia encilha o cavalo e leva consigo sua pequena arca de cedro com alguns petrechos de ferro afiado, uma garrafa de arnica em infusão, uns rolos de linho e um tanto de água ardente. Pelo meio da manhã, ela deve ter chegado às margens do rio, no lugar onde a balsa aguarda os viajantes.

A partir daí, seus rastros se perdem. O cavalo foi encontrado no dia seguinte junto a uma timbaúba de sombra rala. E um peão de uma estância próxima, ao conduzir um novilho para ser carneado no bivaque, tinha visto a mulher, na margem oposta, conversando com os dois balseiros, foi o que afirmou sob juramento. Com a informação, o tenente, mais alguns comandados, lhes saiu à procura. Os dois estavam por ali, à beira da água, esperando por quem precisasse atravessar o rio.

No acampamento, o interrogatório não levou mais que umas poucas horas e, ao entardecer, os assassinos já tinham confessado: era mulher muito da bonita, seu tenente; eu, longe da minha vai pra mais de ano; e eu, sem nem conhecer mulher; foi malineza do diabo soprada no ouvido da gente; ela 'tava ali, querendo passar pro outro lado da água; nós dois com sede por fêmea; foi então que aconteceu; uma leva de sangue ferveu e se derramou dentro da carne; e na cabeça, tenente, na cabeça zunia um temporal; não se falou nada e nada foi planeado; num de repente, 'garrei ela por de atrás e ele, aí, pegou nela assim.

O tenente ainda perguntou se estavam bêbados na hora do crime. Não, nenhum dos dois tinha bebido, estavam mesmo era com sede por fêmea, repetiram. Meio tocados pelo álcool estavam agora, sim senhor, pois tinham terminado com um litro de aguardente. Antes de serem degolados, os dois ainda informaram terem dado sumiço ao corpo sepultando-o em cova rasa ali perto, junto a uma coxilha marcada por velho e nodoso camboatá.

As buscas pelo corpo de Maria Egídia deram em nada. O tenente, movido por um secreto sentimento, mais superstição do que piedade, mandou cavar a terra recém-revolvida, próxima à árvore indicada. Encontraram, mal cobertas, roupas de mulher, algumas rasgadas comprovando ter havido luta entre a vítima e seus atacantes. Foram encontrados também alguns potes de grés contendo pomadas e unguentos. E nada mais foi achado. Os campos em derredor foram vasculhados e praticamente varridos na busca de uma segunda cova, há pouco aberta. Os poucos capões de mato das imediações também foram, como se diz, virados do avesso. Mas nada. O próprio arroio foi investigado. Tudo inútil.

A pressa e o zelo na aplicação da justiça determinaram, pois, que os acontecimentos não tivessem seu fecho: mortos os assassinos, perdeu-se a possibilidade de mais informações sobre o crime e a ocultação do cadáver. A partir daí começa a circular a hipótese meio mágica de que o corpo fora ciosamente guardado pelo rio-arroio, o que levou, possivelmente, os moradores das redondezas a acrescentar aos nomes já existentes – Corvo e Corso – a denominação de Arroio do Corpo.

É dessa mesma época, portanto do ano em que aconteceu o estupro e a morte da mestiça, o surgimento e o avanço das areias. Findo o verão e terminada a seca que flagelou a província ao final daquele século, as chuvas voltaram, mas a erva crestada ali não tornou a verdejar. O solo permaneceu inerme, como que golpeado de morte. A tênue capa fértil que o cobria aos poucos deu lugar à areia brilhante e reverberadora. O deserto que subjazia aflorou, por fim.

Tempos depois, um pároco da comarca associou o lugar, a paisagem, a paixão e o nome da morta a Santa Maria Egipcíaca. Foi numa fala, num ofício de Pentecostes, que o sacerdote evocou a lenda criada em torno de uma santa obscura que, em sua pobreza, fora coagida a oferecer o próprio corpo para poder transpor um rio, no Egito. Na sua piedosa peregrinação, Egipcíaca não recuara sequer ante a luxúria de um barqueiro para cumprir os desígnios divinos. É que Deus escreve certo por linhas tortas, pensaram aqueles fiéis mais dados a matutar. Seguiram-se as naturais associações: o rio, a balsa e seus condutores, a sexualidade brutal dos dois homens, o solo quente do Egito e as estéreis areias que começavam a avançar. Havia, sim, claras diferenças entre os dois fatos – Maria Egipcíaca entregara-se a um estranho e seguira em sua rota; Maria Egídia fora estrangulada após a violação, o corpo sumira para sempre e sua memória apenas secretamente recebia uma silenciosa devoção. Foi, porém, ao andar vagaroso do tempo e, como sucede em tais casos, sem que as autoridades nem os moradores se dessem conta, que a região entre Cará-Mirim e Caibaté passou a ser conhecida por Campos de Santa Maria do Egito.

Vale das Tílias

Mesmo olhando daqui, deste ponto privilegiado, não se consegue ver claramente o lugarejo lá embaixo. Parado na bruma azul do fundo do vale, certamente mapa nenhum o registra. Sem referência cartográfica, o Vale das Tílias não existe fora dessa paisagem feita de serras e precipícios. E se me perguntas por que se chama Vale das Tílias esse amontoado de casas e granjas, com suas duas igrejinhas – uma, católica; outra, protestante –, te digo que a razão do nome é um tanto prosaica.

A tília é árvore nativa da Europa. Com suas flores miúdas faz-se um chá contra resfriados e que, também, induz a um sono tranquilo. Na minha busca sobre a imigração alemã e os nomes dados às diferentes colônias, deparei com um verbete que dava informações sobre a denominação do lugar. Ali constava que um certo Peter Blauth, professor de primeiras letras, aqui chegou por volta de 1870. O moço trouxera consigo algumas mudas ou sementes de tília e as plantara no terreno em torno da pequena escola. Ainda segundo o breve texto, as plantas deram-se bem e, mesmo hoje, é possível encontrar um ou outro exemplar em meio a árvores nativas. Nesse ponto, termina a informação.

A única rua de Vale das Tílias, longa e calçada de pedras irregulares, termina, numa das pontas, junto às encostas daquela montanha que daqui se vê; na outra, se emenda a uma tortuosa continuação que leva ao velho cemitério, hoje um tanto abandonado, às lavouras de centeio e aos matos de acácia.

Não há hotel, em Vale das Tílias, nem pensão. Se quisermos ficar por alguns dias, podemos chegar na residência de Frau Lemmertz, uma senhora corada e risonha, quituteira do lugar. Em sua casa, Frau Lemmertz oferece pouso a preços módicos. Na construção rústica, mas confortável, são oferecidas três refeições diárias. Nos intervalos, o hóspede pode servir-se das frutas do pomar ou chegar na cozinha e comer uma boa fatia de pão, com manteiga produzida pela dona da casa.

Para os hóspedes há dois quartos, a escolher. Um fica no sótão da casa. O outro, no térreo, tem vista para a rua. Em ambos, os móveis são de cedro vermelho, antigos, mas muito bem conservados. A roupa de cama é impecável com seus lençóis e fronhas de cretone. E, caso faça frio, é só apanhar um cobertor de penas de ganso no guarda-roupa.

Se há energia elétrica em Vale das Tílias? Sim, há. Mas é coisa muito recente. Até há pouco, os moradores tinham de se contentar com lampiões e velas. Daí seu costume, um tanto sovina, de esperar que caia a noite para só então acender a luz. Aproveitam a claridade do dia até o último instante. Quando o escuro se fecha sobre o vale, as lâmpadas são acesas.

Não há nada muito interessante para se ver ou fazer em Vale das Tílias, embora os passeios nos bosques de acácia sejam agradáveis e repousantes. O prazer que oferecem redobra em outubro ou novembro, quando as árvores florescem e impregnam o ar com seu aroma adocicado. Pode-se também fazer caminhadas pelas trilhas das montanhas. Encontram-se, então, regatos de águas rápidas e, a brotar dos paredões de basalto, fontes frias e límpidas.

Como viste, o caminho para chegar aqui não é complicado. É só tomar a estrada principal, que leva ao cimo da serra. A meio caminho, logo depois de Erval, toma-se a estrada secundária, que cruza o Passo dos Lobos. Há placas indicando o nome das diferentes localidades, não tem como se perder. Depois do Passo, a estrada desce sempre, até chegar ao vale.

Da primeira vez que aqui estive, fui trazido por mero espírito de aventura. Estava desempregado, recebera uma indenização razoável e podia dar-me ao luxo de viagens curtas. Já ouvira falar do lugar, mas as informações obtidas eram mínimas, feitas mais de reticências do que de indicações. Até que conheci, casualmente, um sujeito natural daqui de perto. Depois de ouvir-lhe a narrativa, concluí que deveria conhecer o vale. Só precisava aguardar a data certa.

Ao chegar, segui para a casa de Frau Lemmertz. A meu pedido, acomodou-me no quarto com janela para a rua.

À noite, após o jantar, perguntei-lhe se sabia do violinista que, segundo haviam me informado, por volta da meia-noite surgiria numa das pontas da rua, percorrendo todo o vilarejo.

– Já ouvi alguma coisa sobre isso – respondeu-me em seu sotaque carregado. – Mas eu nunca vi nem ouvi nada. O senhor sabe, trabalho o dia todo e faço tudo praticamente sozinha. A moça que me ajuda só vem de tarde. E normalmente durmo cedo, não escuto nada.

Riu, e então:

– Um pouco mais de sopa?

De manhã, saí à rua e procurei fazer contatos. No armazém, entre rolos de tabaco e sacas de mantimentos, encontrei três velhos a fazer prognósticos sobre o clima. Na verdade, temiam um verão seco que, ao prejudicar as pastagens, acabaria interferindo na produção de leite. A algum custo, consegui me intrometer no assunto e entabular uma conversação. À minha pergunta, dois deles responderam que não, nenhum jamais sequer ouvira os passos do violinista, quanto mais sua música. E, insinuaram, não gostavam de falar nisso, já que o boato recomendava mal o vale.

No entanto, o terceiro informou que, quando garoto, certa madrugada acordara com o som de passadas descendo a rua e que sumiram ao longe, lá para o lado em que o calçamento cede lugar à estrada de terra. E, sim, ouvira também a melodia que acompanhava o violinista em seu passeio. Mas não vira nada. Tivera medo, saltara da cama e se metera no leito em que dormia o irmão mais velho. Rimos, os quatro. E ele arrematou:

– Mas sei de muita coisa mais. Me criei ouvindo essa história. Meu pai contava pra nós o que tinha ouvido de seu pai. Quando quiser, posso lhe contar.

No dia seguinte, voltamos a nos ver. Soube então que além do ensino das primeiras letras coubera ao mestre-escola, que também era músico nas horas vagas, a formação e regência de um coral. Uma vez por semana, os componentes se reuniam, à noite, para cantar velhas canções alemãs.

De certa feita, o ferreiro do lugar, um homem grande e forte de nome Martin Waldmann, conheceu o professor quando acompanhava a esposa ao ensaio. Depois de algum tempo, os dois homens tornaram-se amigos, e Peter Blauth passou a frequentar a casa dos Waldmann. O dois se entretinham jogando cartas, nas quietas tardes de domingo. E Emília, a dona da casa, bonita e bem mais jovem que o marido, esmerava-se ao servir para os dois homens o café de cevada com biscoitos açucarados.

As visitas dominicais de Peter se encerravam, ao crepúsculo, com alguma música tirada de seu violino. A casa de Martin perdia, então, um pouco de seu ar despojado e soturno. Ficava mais luminosa e Emília, mais feliz.

Não levou muito tempo para que a moça percebesse uma cativante suavidade nas falas e nos gestos de Peter, suavidade não encontrada nos toscos gestos e falas do marido. E, pelo que ainda hoje se conta, o mestre-escola e a mulher de Martin passaram a se encontrar. Os bosques de sombra densa, as grotas frias e o feno dos celeiros passaram a testemunhar uma paixão absoluta e voraz a unir os amantes.

Quando soube do adultério, Martin Waldmann não fez nenhuma reprimenda à esposa. Apenas não mais lhe dirigiu a palavra. Quanto ao mestre-escola, o ferreiro ficou à espera do momento propício. E, numa noite de chuva, tocaiou o moço. O corpo de Peter foi encontrado na manhã seguinte, o crânio partido por algum objeto pesado. Pouco tempo depois, Emília conseguiu partir certa madrugada, deixando para sempre a casa de Martin. Nunca se soube para onde ela foi.

O ferreiro, agora só, dedicou-se inteiramente ao trabalho junto à forja e ao cultivo da terra. Morreu sem filhos, já muito velho, tendo ao seu lado uma moça que lhe deu assistência e conforto no final da vida.

Da outra vez, cheguei vários dias antes da noite em que poderia, com alguma sorte, ver e ouvir o violinista. Sua sombra se mostrava, sempre, na antevéspera do dia dois de novembro, que segundo dizem teria sido a data em que Peter Blauth foi morto.

Me mantive acordado por muito tempo, naquela noite. A eletricidade ainda não chegara, então, à casa de Frau Lemmertz, e o meu quarto era iluminado apenas por uma vela de luz enganadora.

Levei uma cadeira para junto da janela e fiquei à espera. Pela vidraça, observava a quietude da rua. Todos e tudo, em Vale das Tílias, tinham se recolhido mais cedo. Ninguém passava, os cães não latiam nos pátios da redondeza e as grandes corujas brancas não riscavam o ar em sua caçada noturna. Nas imagens que me vinham à mente, vislumbrei o flautista de Hammelin com os ratos a segui-lo, sob a hipnótica ação da música; e o final cruel da história, quando o andarilho conduz, em alegre sarabanda, as crianças do burgo a seu destino mortal. E, já meio adormecido, fantasiei: o violinista não traria, arrastando-os atrás de si, os mortos impenitentes do vale? Seguiram-se alguns sonhos fragmentados e, depois, nada mais.

Acordei com frio. A temperatura baixara e, ao erguer o olhar para a vidraça, dei-me conta de que a rua desaparecera. Uma neblina opaca inundara o vale e a claridade da lua, em quarto crescente, mal conseguia varar a névoa. Busquei no guarda-roupa um acolchoado e nele me envolvi.

Quando voltava para junto da janela, ouvi o som do violino. Fiquei atento à música que se aproximava. Aos poucos, tornava-se mais nítida. Era uma valsa triste com andamentos que remetiam a alguma pavana. Então o vi: sua figura delgada, vestida com roupas de um outro tempo, passava em frente à casa. Repentinamente, estacou. Voltou-se para a janela, como se soubesse que eu me encontrava ali. E avançou. Recuei num salto, acho que enredei um pé no cobertor e caí. Ainda pude ver num relance sua face, feita de treva, encostada à vidraça. A melodia estacou, a escuridão engolfou o quarto e a noite, com sua lua brumosa, desapareceu.

O sol em meu rosto me fez despertar. Olhei em torno para me certificar de que aquele era meu quarto. Reconheci os móveis de cedro vermelho e, à cabeceira da cama, a antiga estampa que mostra um anjo da guarda a proteger duas crianças à beira de um abismo. Percebi, também, que a vela apagara sem consumir-se completamente. A vidraça, trancada. E eu ali, caído no chão, ainda meio envolto no acolchoado.

Mais tarde, durante o almoço, procurei saber de minha hospedeira se havia visto ou escutado algo na madrugada. Esquivou-se da resposta dizendo que tivera sonhos confusos e mal conseguia lembrar-se de algumas passagens agora. Mas recordou, com algum esforço, que num dos sonhos se vira assando cucas para as festas de São Nicolau. E encerrou o assunto com uma risada aparentemente despreocupada.

Esses são os poucos dados que consegui levantar sobre Vale das Tílias. É difícil comprová-los já que não há registro algum do crime pois ninguém, pelo que se sabe, fez chegar à justiça o que sabia sobre a morte de Peter Blauth. Claro que, no cemitério abandonado, podem ser encontradas as lápides, tomadas de líquen, que marcam o lugar onde foram sepultadas as personagens masculinas do drama. Mas é só. Finalmente, fico sem saber se os moradores silenciam quanto aos fatos por respeito à memória dos amantes ou se, muito simplesmente, evitam tocar no assunto para, como dizem, preservar o bom nome do lugar.

Agora, melhor seguirmos. Daqui a pouco será noite e, se Frau Lemmertz continua a receber hóspedes, podemos ficar em sua casa. No quarto que dá para a rua.

Sonora

Dentre as muitas variedades de mel, certamente uma das mais delicadas é a que as abelhas produzem a partir da flor do cambará. Comum nas terras altas, onde essa árvore floresce, o mel tem uma textura densa, é muito alvo, e seu sabor remete a alguma especiaria aromática e levemente ácida. Vendido à beira da estrada, há muito tempo marca a região de São Francisco de Paula como produtora da requintada iguaria.

Disputado por *connaisseurs*, o mel de cambará leva muitos a subirem a serra para comprá-lo. Poucos, porém, seguem uma estrada secundária, na contramão de quem sobe, assim que se deixa para trás a colônia de Santa Eulália. A placa sinalizadora apenas informa “Sonora, 15 quilômetros”.

É compreensível que poucos se arrisquem pela vereda. Do asfalto já se pode prever suas condições. Serpenteando pela mata nativa, a estrada é ladeada por barrancos de terra escura. Durante o inverno e a primavera, quando as fontes são engrossadas pela chuva, os mananciais aí deságuam e se perdem, depois, nas reentrâncias das valetas. O caminho lamacento torna-se, então, intransitável, dando passagem apenas a carretas.

O lugarejo teria esse nome desde o início de sua povoação. A denominação primitiva era Mata Sonora. Com o correr do tempo, no entanto, o nome acabou se reduzindo a Sonora. Os primeiros colonos que aí chegaram teriam estranhado o zumbido constante que se ouvia nas florestas próximas e que se impunha até mesmo ao canto dos pássaros. Produzido por incontáveis colmeias de abelhas silvestres, o som apenas diminuía ao longo dos invernos ou em dias de chuva. Mesmo à noite a sonoridade era ouvida, embora menos intensamente. Ainda hoje o viajante se assombra com o fenômeno. Alguém explicará que as abelhas selvagens acabaram sendo aproveitadas na produção doméstica do mel e que, para tanto, as colmeias foram transpostas da mata para as granjas. Mas comumente se omite, ou por ignorância ou para não alongar a conversa, que a transposição das abelhas ocorreu apenas depois da Grande Enchente. Não há registros que indiquem com clareza a data. Sabe-se, no entanto, que o primeiro a produzir o mel foi um forasteiro, um certo mulato, que aí apareceu vindo não se sabe bem de onde. O homem estava em busca de trabalho na lavoura e chegou justamente à época das inundações.

Sonora situa-se próximo a uma garganta entre duas montanhas não muito elevadas. As matas que recobrem as encostas foram, por sorte, preservadas. Não se veem, aí, as lavouras agarradas à montanha, tão comuns em regiões onde a devastação já ocorreu. Como o povoado ocupa terras em declive a partir das montanhas, as fontes acabam formando regatos que margeiam ou cortam o povoado. As águas, normalmente rasas, mal alcançam os tornozelos de quem as cruze a pé.

Bertholdo, um colono de cabelo grisalho e olhos azuis sempre atentos, era um desses pequenos agricultores que, ainda hoje, compõem a maioria dos habitantes do lugar. Sua mulher, ao morrer, deixou-lhe três filhas: Alma, Herta e Martha. Alma e Herta, as mais velhas, sempre foram um tanto sem graça. Mesmo a faceirice natural das mulheres, nelas, se fazia ausente. De busto achatado e ancas estreitas, as moças trabalhavam lado a lado com o pai no cultivo da terra e revezavam-se na cozinha. A cada semana, uma delas tomava conta da casa, assava o pão e preparava as refeições. À noite, reuniam-se à luz de um lampião de opalina e bordavam intrincados riscos florais em lençóis e toalhas de mesa, enquanto o pai lia o anuário *Serrapost* ou a Bíblia.

Sempre sob o olhar vigilante de Bertholdo, as três moças raramente compareciam aos bailes ou às eventuais quermesses. Aos domingos, uma vez ao mês, quando o pastor itinerante chegava a Sonora, iam ao culto. Ficavam, então, sabendo das novidades e trocavam com as amigas sementes de legumes e flores ou moldes de vestidos.

Quanto à aparência, Alma e Herta foram adquirindo, com o tempo, certa angulosidade nos gestos e nas feições que a constante companhia paterna acabara por imprimir-lhes. Apenas a mais jovem ficara imune à vaga androginia perceptível nas irmãs.

Martha fora, desde criança, um tanto rebelde, e talvez fosse esse o traço que lhe conferia algum poder sobre o pai. E, desde sempre, a caçula gostara de novidades. Testava penteados novos, que via nas revistas emprestadas, escolhia sempre um modelo mais ousado de vestido, sapatos de salto um pouco mais alto. E não trabalhava na lavoura. Recusava-se. Batia o pé e dizia não ter nascido para tarefas de homem. Também não gostava de expor-se ao sol. Queria preservar a alvura e maciez da pele e ficava aborrecida com as sardas que, no verão, lhe salpicavam as maçãs do rosto. Na sua luta para apagá-las, Martha usava uma loção branqueadora de preço acessível. Para a garota, não era difícil convencer o pai a lhe alcançar algumas moedas ao final de cada mês, moedas que guardava ciosamente num cofrinho de lata. Quando acabava a loção, apressava-se até a venda e comprava outro frasco. E se as irmãs a criticavam pelo dinheiro gasto no que consideravam um capricho de menina, Martha dava de ombros e retrucava:

– Se vocês não querem se cuidar, eu me cuido.

Na semana em que lhe cabia a cozinha, Martha contentava-se em servir o café da manhã com ovos mexidos e toicinho frito. Às doze horas, partia para o campo levando, ao pai e às irmãs, uma refeição de pão, queijo, carne de porco fria e uma garrafa com café preto. O olhar do pai, nesses momentos, deixava transparecer uma ternura incompreensível para as outras duas, já que Bertholdo nunca fora dado a demonstrações de afeto por mais parcimoniosas que fossem. Assim, nem Alma nem Herta lembravam de algum gesto de carinho ou palavra mais doce por ele proferida. Se uma delas queria um vestido novo e precisava de dinheiro para o tecido, era obrigada a ouvir resmungos e arengas. Pedia, então, como último recurso, a interferência de Martha. Seu jeito meio sedutor levava o pai a desembolsar a soma. Mas não sem recomendar que comprassem um pano bom, barato e que durasse por muito tempo.

Quando Alma arranjou um pretendente, Bertholdo conseguiu fazer com que o rapaz desistisse do namoro. Nas poucas vezes em que o moço veio vê-la, o pai cruzava inúmeras vezes a sala de visitas, onde os namorados conversavam. Nessa tarefa, era auxiliado por Martha. Não que a menina tivesse interesse em denunciar um toque de mãos ou um abraço entre a irmã e o namorado. Aceitava prazerosamente a missão, levada pelo secreto desejo de ver os namorados trocando um beijo.

Por não acompanhar o pai na lavoura, Martha podia ocupar-se do jardim. Dálias, grandes papoulas vermelhas, sempre-vivas, gladíolos e astras floresciam num quadrado à parte, cercado por taipas de pedra. Território frequentado pelas abelhas, o jardim regurgitava de vida.

A cercadura de pedras fora obra de Bertholdo. Certa noite, Martha erguera o olhar do bordado e, quase ordenando, pedira:

– Pai, eu queria um jardim.

A partir daí, em dias de chuva, quando o trabalho no campo se tornava impossível, Bertholdo recolhia pedras e as transportava para casa. Lá, foi erguendo a taipa que delimitava o espaço destinado às flores de Martha.

Em 1941, choveu incessantemente por semanas, e rios e córregos transbordaram. Num final de dia de chuva pesada, as irmãs ouviram alguém bater palmas no pátio fronteiro. Os cães deram alarme, e Herta foi ver. Ali estava um mulato alto, de roupa encharcada e chapéu desabado pelo peso da água. Perguntou pelo dono da casa.

– Siga por ali. O pai está no galpão – informou a moça.

O homem tomou a direção indicada e não chegou a ver Martha, que, postando-se ao lado da irmã, tinha vindo espiar.

À noite, com as filhas em torno da opalina, Bertholdo anunciou que se acertara com o forasteiro. O homem ajudaria na lavoura e, nas horas vagas, providenciaria um apiário. Conhecia o ofício e já trabalhara com criação de abelhas. O salário acertado era em conta, e Romano – era esse seu nome – teria ainda comida e alojamento. E, dando por encerrado o assunto, informou:

– Amanhã, uma de vocês dá um jeito na casa de madeira. É ali que ele vai ficar.

Em seguida, pegou uma lanterna, e Martha se ofereceu para acompanhá-lo até a velha casa, anteriormente ocupada por dois peões que, há muito, tinham partido em busca de melhores salários. O pai carregava uns pelegos para serem usados como colchão e alguma roupa seca para o homem se trocar. Martha levava sopa quente numa panela de ferro e um cobertor leve, que em noites de frio talvez nem servisse para nada.

Quando a primavera se iniciava, as chuvas amainaram, e rios e córregos voltaram a seus leitos. A enchente, que arrasara plantações e inundara vales, devolvia a terra aos homens.

A primeira colheita realizada após a chegada de Romano foi boa e rendeu algum dinheiro. O empregado providenciou, também, as abelhas. Apenas esperou a estação certa. Embrenhava-se, então, nos matos e, onde visse um enxame em torno de uma nova rainha, capturava-o. Uma vez acomodadas as novas colmeias, instalava as caixas num gramado próximo de sua casa, voltadas para o leste. Ali verdejava uma densa cerca viva de bambus. A muralha verde protegeria as colmeias da inclemência do vento sul.

A presença do mulato trouxe algumas mudanças na vida da família. Alma e Herta já não precisavam mais acompanhar o pai na lavoura, podendo empregar seu tempo em trabalhos menos pesados. Agora, tinham adquirido até mesmo certa preocupação com a aparência. Não que tivessem algum interesse em Romano. De modo algum. Não lhes passava pela mente a mais remota ideia de alguma intimidade com quem não tivesse os olhos azuis e a pele clara. Falavam com o forasteiro, portanto, apenas o estritamente necessário. Mas Romano era um homem jovem e, a seu modo, bonito. E embora não tivessem curiosidade em relação a ele perturbavam-se quando lhe surpreendiam o olhar perscrutador. Sentiam-se, então, avaliadas e ficavam confusas, ainda que secretamente lisonjeadas.

Martha, porém, mal conseguia disfarçar o interesse. E esperava, impaciente, pela semana em que lhe cabia a cozinha. Durante esses dias, preparava alguma comida mais saborosa e, ao levá-la a Bertholdo e Romano, apressava o passo. Dirigia a palavra, então, somente ao pai e, embora visse Romano, esforçava-se, penosamente, para não lançar-lhe um olhar mais demorado.

Aos domingos, quando todos almoçavam juntos na cozinha, ficava imaginando coisas a respeito desse homem moreno, sentado a uma das cabeceiras da mesa. Em suas fantasias, procurava adivinhar se ele teria abandonado a mulher ou se vivera sempre sozinho. Queria saber onde nascera, de onde vinha, qual sua idade. Mas não tinha como perguntar. Era sempre impedida pela presença do pai e das irmãs.

Ao tempo da primeira coleta de mel, Martha foi ver o trabalho a uma certa distância. Ali estava o mulato com uma máscara de tela que lhe descia do chapéu e lhe protegia a face e a nuca. As mãos, porém, desnudas e vazias. Romano não usava o fumigador para se aproximar das abelhas. Elas o envolviam em nuvens compactas e ruidosas, mas não o ferroavam. Era como se soubessem que pertenciam àquele homem. E Romano seguia tranquilo na sua tarefa: retirava os encaixes com os favos e os colocava num tacho para, mais tarde, decantar o mel.

Quando terminou o serviço, Romano estava coberto de abelhas. Pegou então o favo mais bonito, com a cera intacta, e, qual abelha que tivesse adquirido dimensões gigantescas, aproximou-se. Martha mal conseguiu ouvir-lhe a voz por entre o zumbido que o envolvia:

– Este é pra ti.

Ela segurou o favo pelo caixilho e procurou os olhos de Romano. Mas já nada conseguiu ver. As abelhas haviam coberto também o tecido protetor do rosto, enclausurando-lhe o olhar.

Naquela noite, Martha custou a dormir. Os primeiros frios ainda não haviam chegado, mas ela precisou de uma manta de lã para dormir aquecida. Buscou-a, na arca, e deitou novamente. O sono, porém, não vinha. No escuro, Martha seguia os ruídos da casa adormecida. O cedro dos móveis estalava. No sótão, algo corria com leves patas miúdas. A brisa do sul agitava a folhagem da nogueira, junto à janela. Longe, um cão latia. E, em certo momento, um urutau assombrou a noite com seu chamado lúgubre. E, acordada dentro da treva, Martha sentia como que a presença de Romano a lhe oferecer um favo, o mel a escorrer-lhe por entre os dedos.

Num sábado, bem cedo pela manhã, alguém trouxe a notícia de que o irmão mais velho de Bertholdo morrera de madrugada. O pai avisou as filhas e, convocando Alma para acompanhá-lo, foi preparar a charrete. Martha ainda teve tempo de correr ao jardim e colher um buquê de sempre-vivas para o tio.

Pelo meio da tarde, tendo a cozinha sido posta em ordem, Martha saiu para buscar frutas no pomar.

De volta, cruzou a plantação de tungue e tomou o caminho da casa de Romano. Encontrou-o na parte dos fundos, a se barbear. Deixou o cesto no chão e aproximou-se. Ao dar-se conta de sua presença, Romano desviou o olhar do pequeno espelho pendurado na parede e a cumprimentou com um movimento de cabeça. Ela não retribuiu. Olhava, fascinada, o homem limpar a navalha num pedaço de papel de embrulho e, após ensaboar o queixo, retomar o corte. Finalmente, ele lavou um resto de espuma na bacia junto à porta e fez um movimento para apanhar a toalha. Martha se adiantou e, recolhendo o pano, secou-lhe o rosto. Romano sorriu e, tomando-a pela cintura, trouxe-a para junto de si. Por um momento, ficou indeciso. Depois, beijou-a. Um sabor intenso de mel invadiu a boca de Martha. Ela cerrou os olhos. Romano a beijou novamente. Ela sentia agora a mão áspera do homem a subir-lhe pelas coxas. Seu corpo teve um leve tremor. Percebeu que se rendia e deixou-se levar para dentro da casa.

Os encontros entre Romano e Martha seguiram acontecendo. Sempre tarde da noite, quando a casa de Bertholdo adormecia. Martha enveredava pelo pátio, tomava o caminho pelo bosque de tungue e empurrava a porta sempre destrancada. Eram encontros cautelosos, com ambos falando aos sussurros, sempre atentos a qualquer ruído que denunciasse a chegada de alguém. Num dos últimos encontros, ele fez a pergunta que ela temia e pela qual ansiava:

– Quando eu for embora daqui, vens comigo?

Pela época do Advento, sentadas à sombra de um ingazeiro, as irmãs trançavam a coroa de abetos e fitas vermelhas para dependurar à entrada da igreja. A certa altura do trabalho, Alma disse a Martha:

– O pai vai falar contigo.

Herta acrescentou:

– E bem sabes por que, não?

Martha não ficou surpresa. Sabia que, cedo ou tarde, seria cobrada. Por isso, depois de um momento de silêncio, respondeu:

– É por causa de Romano, eu sei. Mas ele não tem culpa de nada. Fui eu que o procurei.

Naquela mesma noite Bertholdo conversou com a filha. Depois de dizer-lhe, a seu modo, que ela sempre fora a filha mais amada, falou de sua decepção. Não conseguia entender por que se entregara a Romano, um aventureiro. Um desconhecido sem família, um mulato que nunca dissera de onde vinha, acostumado tão só a vaguear por caminhos e picadas. Martha ouviu em silêncio as observações amargas. Quando falou, foi breve. Sabia ser difícil fazer o pai entender. Disse apenas que, para ela, depois desse tempo todo, era como se Romano sempre tivesse vivido ali, integrado à família. Que a lavoura produzia mais e melhor, desde que ele chegara. E que o mel de suas abelhas abarrotava colmeias e despensas. Como argumento final, confessou que o amava.

O pai comentou:

– Sei disso. Tuas irmãs também sempre souberam. – E, depois de uma pausa, concluiu: – Já acertamos as contas. Romano vai embora. Se quiseres, podes segui-lo. Mas eu preferia que não. Queria que ficasses aqui, com teu pai e tuas irmãs.

Nessa noite, Martha não esperou que todos dormissem. Saiu pelo pátio às pressas e foi à casa de Romano. Ao ver suas poucas coisas já arrumadas para a partida, perguntou:

– Por que não me disseste nada?

Romano não respondeu.

– Vais quando?

– Teu pai me deu uns dias de prazo. Mas vou amanhã.

Ela o abraçou. Tinha uma revelação a fazer. Estava grávida. Mas guardou seu segredo. Perguntou apenas:

– Vais para onde?

– Volto para minha colmeia – respondeu ele.

E embora sabendo que ela não entendera, acrescentou:

– Estava em tempo de eu voltar.

Como se não tivesse ouvido, Martha ficou em silêncio. Ele voltou à pergunta que já fizera tantas outras vezes:

– Quando vier te buscar, vens comigo?

E ela:

– Quando será?

– Não sei. Qualquer dia desses.

Martha não respondeu. E nada mais se disseram.

Assim como em sua vinda, a partida de Romano trouxe mudanças na rotina da família. Martha, além do jardim e da cozinha, na semana em que essa lhe cabia, passou a cuidar também das colmeias. Romano lhe passara a técnica da criação e lhe deixara os apetrechos necessários. O pai arrendou alguns hectares a um vizinho lindeiro, às meias. E Alma e Herta dedicavam-se, agora, a bordados de encomenda e trabalhos de costura.

Quando a gravidez de Martha se tornou visível, Bertholdo deixou de lhe dirigir a palavra. Falava o mínimo possível e evitava sentar-se à mesa para as refeições. Sempre tinha coisas a resolver com o vizinho ou precisava fazer algum conserto no galpão. Saía em noites de lua a andar, sem rumo, pelos campos. Outras vezes, chamava seus cães e pegava a arma como quem vai à caça. Mas saía para chorar. Voltava quando as filhas já estavam dormindo e ficava intimamente agradecido por não lhe perguntarem, no dia seguinte, pelas lebres que deveria ter matado.

Chovia forte na tarde em que o filho de Romano nasceu. Bertholdo estava em casa, na cozinha, e, debruçado à mesa das refeições, lia ou fazia de conta que lia. Ao ouvir o choro do recém-nascido, esperou por um tempo. Depois, foi até a porta do quarto. No corredor, cruzou com a parteira que ia ao avarandado dos fundos esvaziar uma bacia com lençóis para lavar. Enquanto Herta estava junto de Martha, Alma apresentou a criança ao avô. Com um movimento afirmativo de cabeça, Bertholdo deu sinal de aprovação.

Algum tempo depois de o menino completar um ano, Martha estava verificando as colmeias, como fazia todas as manhãs. Notou que o zumbido das abelhas soava estranhamente alto. Observou por um tempo seu voo e, tomando o caminho do galpão, pensou:

– É a floração dos cambarás que as deixa assim agitadas.

Ao cruzar a plantação de tungue, viu que também ali as abelhas estavam atarefadas. O pequeno bosque vibrava inteiro com um zumbido forte e contínuo.

No galpão, apanhou algumas ferramentas e foi para o jardim. Era já tempo de preparar um espaço para o transplante das mudas de astras. Escolheu um canteiro que, na primavera anterior, abrigara ervilhas-de-cheiro e que agora estava tomado de inços. Levou algum tempo recolhendo as plantas secas e amontoando a palha num dos cantos do jardim. Depois, terminada a capina das ervas daninhas e reerguido o solo, Martha sentou-se à sombra para descansar. Voltou então o olhar para a estrada, mais abaixo. Por um momento, sentiu-se paralisada com o que vislumbrou ao longe. Forçou a vista, e a certeza do que via a fez correr em direção da porteira. Romano estava, finalmente, voltando.

Pedra Marcada

Em memória de Dona Ana Viciariuc,
nascida na Bukovina

Ao terminar seu curso em técnicas agrícolas, Felipe, diploma na mão, passou a procurar emprego. Candidatou-se a uma vaga numa pequena empresa produtora de formicida e adubo para plantas de jardim. Aí ficou por dois anos. Não deixou de comparecer um dia sequer ao trabalho e realizava suas tarefas no laboratório com esmero, embora sem entusiasmo. É que compreendera, depois de algum tempo, que ali permanecendo jamais alcançaria um bom salário, como supunha merecer, nem chegaria a desfrutar do conforto material que ansiava um dia alcançar.

Órfão de pai e mãe, Felipe chegou a concluir sua formação graças ao apoio de um padrinho que, ao pagar-lhe os custos na escola, lhe impunha uma disciplina férrea e exigia a prestação de contas mensal de seus avanços no curso.

Num domingo, ao deixar a reunião dançante, fez a pé o caminho para casa. No trajeto, considerou que na capital não teria grandes oportunidades. O salário oferecido a recém-formados era baixo e as meninas, como mais uma vez ficara evidente, não lhe davam atenção nas festas. Felipe reconheceu ser ainda muito jovem – o que são vinte anos, recém-feitos, na vida de um homem? – para despertar algum interesse nas mulheres. Pensou, contudo, e isso lhe trouxe alívio e alguma satisfação, que talvez a pouca idade pudesse vir a ser um trunfo. Haveria de encontrar alguém que apostasse em sua capacidade e juventude e, como não mais lhe agradava a paisagem angulosa da cidade, concluiu que chegara a hora de dar uma guinada na vida.

Nascera no interior e lá vivera até os dez anos, quando ocorreu a morte dos pais. O padrinho, pequeno empresário de relativo sucesso, o acolheu e, a seu modo, deu-lhe atenção. Agora, Felipe sonhava retornar para o campo e prometeu a si mesmo partir brevemente. Lá, poderia empregar-se numa granja e – quem sabe? – fazer um bom casamento.

Movido pela urgência que punha na mudança de ares, comprou um mapa do estado e passou a estudá-lo. Organizou um calendário de viagens para localidades onde lhe parecia haver trabalho e, ao menos, uma pensão onde pernoitar. Deu início, assim, ao levantamento das diversas regiões agrícolas que se oferecem dos vales às serras. Deixou de comparecer às reuniões dançantes e, em vez disso, decidiu tratar de sua carreira como profissional iniciando um ciclo de viagens aos finais de semana.

Numa das excursões, tomou o rumo de São Sebastião. De lá, num velho ônibus, foi para Pedra Marcada, região produtora de frutas cítricas e cereais.

Ao chegar, Felipe considerou que talvez tivesse vindo ao lugar errado e gasto seu dinheiro num mero passeio. Pelo que já pudera observar, Pedra Marcada era pequena demais. As oportunidades de trabalho e a sonhada possibilidade de um bom casamento pareciam muito remotas, se é que de fato existiam. Mas achou bonito o lugar. As poucas ruas eram bem traçadas e cuidadosamente varridas. E a aprazível paisagem em torno era composta de colinas suaves onde o trevo branco, em moitas espessas, florescia generoso para delírio das abelhas.

No ônibus, ao voltar para casa, o rapaz fez um balanço da viagem: hospedara-se na Pensão Familiar, fizera contato amistoso com Germano, o proprietário, e soubera que em Pedra Marcada não havia agrônomo residente. Havia um veterinário, já idoso, que às vezes era chamado a opinar sobre isso ou aquilo. E soube que a rocha que dava nome à região encimava uma montanha que se erguia do solo, abrupta e solitária, em terras dos Hartmann. A grande pedra, muito alva, era dividida ao meio, ostentando uma fissura que corria do alto até se estreitar na base e sumir terra adentro. Abrigava, em suas reentrâncias, as grandes corujas que, à noite, se entregavam à caça de insetos e pequenos roedores.

– Mas quem pode afirmar – duvidou Felipe – que Pedra Marcada não é o lugar que procuro? Pelo que soube, o solo aí é dos melhores, e os poucos moradores que conheci me pareceram gente honesta.

Dias depois, pediu demissão do emprego, encaixotou seus livros, apanhou as ralas economias no banco e, dizendo ao padrinho que logo mandaria notícias, embarcou.

Já acomodado na Pensão Familiar, onde chegara ao anoitecer, Felipe sentou-se à única e grande mesa, na sala de jantar. Depois de servi-lo, o proprietário lhe fez companhia e os dois homens começaram a conversar. Habilidoso no diálogo, o dono da casa logo conseguiu saber que o rapaz viera para ficar, que pretendia fixar-se em Pedra Marcada desde que, naturalmente, conseguisse emprego. Na pensão, onde raros hóspedes pousavam ao longo do ano, o dono lhe ofereceu o melhor quarto a preço módico e, baixando uma garrafa de vinho tinto, fez um brinde a Felipe. Beberam, e a conversa tomou outro rumo.

– Posso te contar uns fatos, aqui da região – começou Germano. – É sempre bom saber alguma coisa sobre os moradores e seus costumes.

E seguiu:

– Deves procurar os Hartmann. O velho Max é o proprietário das melhores e mais extensas terras. O homem se encontra, já faz algum tempo, preso à cama. Adoeceu, aos poucos, de um mal desconhecido e a filha única, Guilhermina, dirige sozinha os negócios. Há tempos ela procura um capataz ou gerente. Tem de ser alguém que, sabedor das coisas do campo, também conheça algo de contabilidade.

– Guilhermina não deve ser lá muito moça, não é? – arriscou-se Felipe, procurando não deixar transparecer sua grande curiosidade.

– Talvez esteja com trinta anos, talvez um pouco mais. Mas é muito bonita. Pelo menos, todos acham.

E, depois de uma pausa:

– Os Hartmann são uma família antiga. O avô do velho Max, um certo Henrique ou Heinrich Hartmann, chegou com os primeiros imigrantes. Veio do sul da Alemanha, da região da Floresta Negra.

– Henrique – continuou, depois de esvaziar o segundo copo de vinho – chegou aqui ainda moço e foi logo adotando os costumes da terra. Pelo que contam, o homem tomava mate e, quanto mais amarga a erva, mais o apreciava; cavalgava um zaino bonito e andava sempre de pala, fosse inverno ou verão. Em noites claras, saía à caça pelos campos. Matava lebres, gatos-do-mato e mãos-peladas. Quando apareceram mortos alguns bezerros, os colonos mais afoitos quiseram culpar o homem. Mas nada ficou provado. Mesmo porque os bezerros não foram mortos com arma de caça. Tiveram a garganta rasgada e foram devorados, em parte, ali mesmo nos estábulos. Mais tarde, os colonos abateram uns lobos vadios. E os estábulos não foram mais atacados.

– O imigrante, que nunca se naturalizou, viuvou três vezes e sempre voltou a casar. A última das esposas, hospitalizada no convento das freiras em São Sebastião, confessou que tinha tomado veneno. Ficou-se sabendo depois que – aqui Germano baixou a voz para um tom confidencial –, nas poucas vezes em que tinha visitado a mãe, a mulher se queixara da brutalidade de Henrique quando a procurava, na cama.

– O homem já não era muito benquisto e, quando se espalhou a notícia do suicídio, houve consternação e desconfiança entre os colonos lindeiros. Pensavam e até mesmo comentavam que ele teria provocado a morte da mulher. E mais: juravam também que Henrique, uma vez ao ano, virava lobisomem. É claro que tudo não passou de um diz que diz. O homem morreu já muito velho e seu único filho, Jacob, herdou tudo o que o pai conseguira juntar.

– Não sou de achar homem bonito, mas dizem que o velho Henrique bem como seu filho eram, segundo se diz até hoje, a perdição das moças solteiras e a desgraça de muita mulher casada. E não foram poucas as vezes em que os dois garanhões, tanto o pai quanto, mais tarde, Jacob, correram risco de morte.

– Seguindo o exemplo do pai e marcado pela mesma insolência nas conquistas, Jacob finalmente se casou e teve também apenas um filho, Max, que decerto vais conhecer e cuja vida dirigiu até a hora da morte. Mal enterrado o pai, o rapaz escolheu uma noiva, filha de gente com algum dinheiro. Uma vez casados, proibiu-a de qualquer gasto que não fosse imprescindível e, a exemplo do velho Jacob, engravidou a esposa uma única vez. Dizem que a formação de uma família tão reduzida foi coisa pensada. Sem irmãos com quem repartir os bens e tendo sido agregadas, ao longo do tempo, outras terras vizinhas, o único herdeiro teria melhores condições de progredir na vida. Assim é que as terras dos Hartmann nunca sofreram partilha.

– Pelo que a filha dá a entender, o velho Max já não tem condições de opinar sobre nada. Por isso, é Guilhermina que deves procurar, se de fato tens interesse em conseguir serviço por aqui. Se vocês se acertarem, será muito bom para todos – insinuou o dono da pensão –, e muito bom para Pedra Marcada, também.

Aqui, Felipe interrompeu a conversação. Alegou sono provocado pelo vinho quando, na verdade, temia deixar escapar, agora que a bebida lhe subira à cabeça, algum dado revelador de sua dupla ambição.

Na manhã seguinte, logo após o café, Felipe informou que iria até a sede dos Hartmann. Germano lhe mostrou como chegar até lá, rabiscou um mapa numa folha de caderno e lhe ofereceu uma bicicleta para fazer o trajeto.

– Não se incomode, vou a pé. Assim aproveito melhor o passeio e vejo também as lavouras – respondeu Felipe.

Guardou o roteiro no bolso da camisa e se despediu dizendo ainda que talvez não voltasse para o almoço.

Sem pressa, Felipe avançava pela estrada de terra e se deliciava ao ver os campos onde o trigo e a aveia estavam sendo colhidos. Enquanto seu olhar recorria as plantações, considerava a possibilidade de trabalhar por aqui e, se a oportunidade surgisse, de aproximar-se de Guilhermina. Parou à beira da estrada para aproveitar a boa sombra de um plátano. Recostou-se no tronco e olhou para longe. Percebeu então, para além do trigal, a casa do velho Max a elevar-se contra o luminoso céu sem nuvens. E por trás da casa, na planície, a montanha com sua rocha árida no topo, sulcada de alto a baixo.

Retomou a marcha e, finalmente, chegou à porteira que o separava da propriedade dos Hartmann. Bateu palmas, cães latiram e vieram acompanhando um peão. O homem ralhou com os cachorros e cumprimentou Felipe. Ao saber a que o rapaz viera, explicou que o "Seu" Max não poderia recebê-lo. E quanto à Dona Guilhermina, ela viajara de manhã cedo para São Sebastião e só voltaria ao entardecer. Felipe se despediu, disse que voltaria na manhã seguinte e tomou o caminho de volta.

À noite, Felipe ainda estava à mesa quando faltou luz. Germano providenciou um lampião e comentou:

– Volta e meia isso acontece por aqui. Quando terminares, apanha uma cadeira e vem para a calçada.

Pouco depois, estavam sentados ao ar livre. A treva acentuava a radiância da Via Láctea e fazia com que o luar definisse com sua claridade fria o que, no escuro, era apenas sugestão de paisagem. Dos campos, a brisa trazia o aroma de espigas ceifadas e ondas do perfume doce de alguma sebe de madressilvas. Felipe inspirou fundo o cheiro da natureza e observou, como se a conversação da noite anterior estivesse ocorrendo agora:

– A filha do velho Max deve ser mulher de muita fibra. Não fosse, como poderia ter dado conta de todo o serviço que há numa granja?

– Guilhermina foi a única filha mulher nascida na família dos Hartmann – respondeu Germano. – Talvez por isso o velho Max a tenha criado praticamente como homem. Dava-lhe tarefas pesadas, além do cuidado da casa. E, desde pequena, mandava cortar-lhe o cabelo feito um menino. Dizia que era para evitar piolhos. Não era verdade. Por aqui, nunca se soube de algum surto de piolhos. É que ele sempre quis um filho homem. Mas a natureza não se dobra. E nasceu a menina.

– Já moça, sem mais sujeitar-se ao jugo do pai e contra sua resistência, chegou a noivar com um rapaz da serra, natural do Passo das Fontes, lá pros lados de Campo Alto. Mas, no ano em que casariam, o rapaz viajou para ver os pais. Foi e não mais retornou. Depois disso, ela ficou sozinha. Como que prisioneira, fechada em seus acres, hectares e alqueires.

– Às vezes ela vem até aqui. Dá gosto ver a moça na sua montaria. Alta, com a bela cabeleira escura lhe chegando aos ombros e a pele morena. Todos os Hartmann têm a pele meio amorenada e os olhos claros. Minha velha diz que ela até parece uma dama com aquele seu porte e a testa alevantada. – Fez uma pausa e acrescentou: – Cá entre nós, feliz do sujeito que tiver Guilhermina em seus braços.

No dia seguinte, cedo pela manhã, Felipe estava de novo frente à porteira dos Hartmann. Quando bateu palmas, a figura de uma mulher apareceu no avarandado e veio em seguida, precedida de seus cães.

Ele deu o nome e informou:

– Sou técnico agrícola e ando à procura de serviço.

Ela ficou em silêncio e abriu a porteira, deixando-o entrar.

Na cozinha, Guilhermina lhe ofereceu um café. Passou-lhe o açúcar e sentou-se à sua frente. Esperou que ele tomasse uns goles e indagou sobre seu conhecimento das coisas do campo. Felipe apresentou seus créditos e pouco depois, inesperadamente, soube o valor do salário. Achou razoável a oferta e a aceitou. De início, viria diariamente, menos aos domingos. Teria que estar na granja por volta das seis da manhã e às sete da tarde ficava livre para voltar à pensão.

Guilhermina não o convidou para o almoço e, em torno do meio-dia, Felipe estava se despedindo. Começaria a trabalhar já na manhã seguinte e teria uma mulher a lhe dar ordens. Deu-se conta de que precisaria estar sempre atento às tarefas, antes que a moça tivesse tempo de lhe dar mostras de seu comando.

Guilhermina era uma mulher curiosa, pensou. Alta, de seios pequenos que mal se deixavam avaliar sob o vestido e a cabeleira brilhante a lhe emoldurar a face. À certa altura, lembrou que entre os livros trazidos havia um que tratava de excentricidades históricas. Num dos capítulos, a obra falava de uma aristocrata da Bukovina que, no século XVII, assombrara a todos pelas atrocidades cometidas. À noite, Felipe procurou o livro e leu:

> Para muitas pessoas, os acontecimentos e personagens de lendas [...] parecem ser pura invenção ou detalhes

distorcidos de acontecimentos reais e, em ambos os casos, obra de camponeses simplórios.

Enquanto prosseguia na leitura, os fatos já lidos anteriormente se reavivavam em sua memória:

A mulher, cujo nome havia sido Elisabetha e que descendia da velha linhagem dos Bátory, costumava empregar meninas de uma aldeia próxima. Depois de um tempo, com a ajuda da camareira, sangrava as adolescentes até a morte. Recolhido o sangue, banhava-se nele. Com a periódica realização do rito, buscava preservar a juventude do corpo e do espírito. E, pelos registros da época, a dama vivera mais de cem anos, resplandecente em beleza e vitalidade.

Finalmente, os cochichos dos aldeões chegaram aos ouvidos das autoridades. A investigação que se seguiu levantou, finalmente, as evidências dos crimes. Presa, Elisabetha não confessou nem negou nada. A justiça, porém, foi implacável.

Um antigo amante, à época bispo em Chernovitz, tentou interferir para que poupassem a vida da idosa senhora. Na petição, afirmava que sua beleza e elegância ainda intactas eram prova cabal da miraculosa intervenção divina. Porém, os esforços do religioso foram inúteis. A dama, com o agravante de ser suspeita de bruxaria, foi considerada culpada. Mas, graças à sua estirpe, não subiu ao patíbulo. Em vez disso, foi emparedada viva, no próprio castelo. Cumprindo a sentença, uma abertura foi deixada na parede, por onde lhe passavam água e pão. Depois de alguns poucos anos de cativeiro, a mulher morreu e, demolido o muro, encontraram seu corpo já encarquilhado, ainda envolto em suas preciosas vestes de seda puída.

Felipe dobrou uma orelha na página e fechou o livro. Despiu-se, ficou nu e aninhou-se entre os lençóis. Enquanto o sono não vinha, rememorou a figura de Guilhermina e tentou saber por que associara a moça à criminosa aristocrata. Não tinham nada em comum, pelo que lera. Talvez alguns traços fisionômicos, como os lábios finos e a testa ampla. Mas a rememoração lhe trouxe a certeza de que Guilhermina, mesmo com seus olhos intensamente azuis, não era uma mulher bonita. Certamente, se a visse na rua, não lhe chamaria a atenção. No entanto, havia algo que o surpreendera: era o aroma de camomila ou outra erva agreste que a envolvia qual redoma invisível. E, enquanto a mente assim vagava, sua mão deslizou do peito até o ventre. Ali parou por instantes, em repouso. Depois, desceu pelo púbis e fechou-se em torno do sexo.

Os primeiros meses de trabalho de Felipe lhe renderam elogios de Guilhermina. Ele pegava no pesado com os dois peões e, no início do verão, a colheita já fora feita e levada ao moinho. Com o clima quente a seu favor e a continuar a frequência de chuvas brandas, na medida certa, podia se prever boas condições para o plantio no próximo outono.

Por essa época, o velho Max morreu. Ajudados por Guilhermina, os peões banharam o corpo e o vestiram. Na tarde seguinte, ao voltarem do sepultamento, sem encarar Felipe ela indagou:

– Agora que o pai morreu, não tenho como ficar aqui sozinha. Te pergunto: não podes te mudar para cá? A casa é grande, escolhe um cômodo para ti. Ou, se preferes, podes te acomodar no anexo, onde os peões ocupam um quarto. Assim, estarei menos só e tu pouparás o aluguel da pensão.

Dias depois, Felipe passou sua primeira noite sob o teto dos Hartmann. Deixou aberta a janela e adormeceu. De madrugada, acordou. Alguém se deslocava pelo corredor procurando não fazer ruído. Por instantes, a fresta sob a porta iluminou-se por uma luz que se movia em direção à saída da casa. Felipe levantou-se e espiou, mas não conseguiu ver nada. A luz sumira ou se apagara. Trancou-se no quarto e foi para a janela. Ficou por ali, na tentativa de ver algo no escuro. A ausência da lua, porém, dificultava a visão. Voltou para o leito e, como não conseguia dormir, procurou ficar atento. Ouviu, então, por entre os ruídos noturnos e não muito longe da casa, o solitário uivo de um lobo.

A presença de Felipe na granja foi bem-aceita por todos. Os cães o acompanhavam à lavoura agitando as caudas em sinal de alegria e satisfação, os peões gostavam de prosear com o rapaz ao final do dia e Guilhermina parecia sentir-se mais segura, menos parcimoniosa em palavras e comentários. Até mesmo sorria para Felipe, sem motivo aparente. Os caprichados almoços de domingo (numa das idas a São Sebastião, ela comprara um livro de receitas) eram uma grata celebração da fertilidade da terra, das boas colheitas obtidas e do bom entendimento que reinava entre os quatro moradores.

Enquanto as semanas rolavam serenas e laboriosas, fortaleceu-se o convívio amistoso entre Felipe e Guilhermina. Esperta, ela tomava cuidado para não lhe parecer autoritária ou impositiva em sua condição de proprietária. Sempre que possível, mesmo quando desnecessária, pedia a opinião do rapaz sobre as mais diferentes questões. Se era preciso trocar alguma calha, pedia a Felipe que fosse buscar o funileiro; se não conseguia entender o mistério das leguminosas em seu labor de fertilizar o solo, pedia que lhe explicasse o portento; se lia sobre uma nova variedade de trigo, há pouco surgida, pedia-lhe que encontrasse mais dados a respeito. Com sua aparente dependência sutilmente ensaiada, Guilhermina queria fazer Felipe se considerar imprescindível para o bom andamento dos negócios na granja.

Quanto a ele, a convivência diária com a moça fizera arrefecer seu desejo de casar. Não que fosse feia, ela apenas não acionava sua fantasia. No entanto, certas noites, o rapaz se surpreendia desejando-a. Ficava então confuso, perturbava-se. Não conseguia entender como podia sentir-se excitado por Guilhermina, mulher que, para seus padrões pessoais, nada tinha, ou então, tinha muito pouco para despertar-lhe o desejo. Felipe também não se reconhecia como homem dono de uma sexualidade que, ao se manifestar, tinha que ser saciada a qualquer custo e sem quaisquer restrições quanto à parceira. Quando o assunto lhe vinha à mente, Felipe se via como um homem tranquilo que não tolerava o velho costume, visceralmente masculino, da bazófia sexual. E corava, em sua solidão, ao lembrar que aos vinte anos ainda não conhecera mulher.

Certa noite, por essa mesma época, Felipe teve o sono interrompido por alguém que girava a maçaneta de sua porta. Desfez-se das cobertas e já sentado tentou inutilmente, no escuro, achar suas roupas. De mansinho, a porta se abriu e, enquadrada pelo marco, ali estava Guilhermina. A pouca luz de uma lua minguante, a varar a vidraça, mal deixava exposta a nudez da moça. Num salto, Felipe se pôs de pé. Ela veio para ele e o abraçou. Atônito, sem saber ao certo como agir, permaneceu imóvel e silencioso. Então beijou-a, desajeitadamente, e depois desceu com os lábios entreabertos até seu ombro. Assim ficou por instantes até que, do fundo do peito, subiu-lhe um gemido e ele deixou-se engolfar pelo aroma de resinas silvestres que lhe vinha da mulher. Sujeitou-a, então, entre os braços e a manteve, por instantes, colada a seu corpo. No pátio, os três cães inquietos latiam para a lua.

Na manhã seguinte, mal clareava o dia, rosto lavado mas barba por fazer, Felipe estava na cozinha. Guilhermina, ao fogão, fritava ovos para servir aos homens no café. Ele rompeu o silêncio:

– Essa noite, quando no escuro abriste a porta de meu quarto... – aqui sua fala foi cortada pela pergunta de Guilhermina:

– Como assim?

Felipe prosseguiu:

– Essa noite, quando me procuraste...

– Não te entendo.

– Se já esqueceste o que aconteceu ou se não queres lembrar...

O diálogo apenas iniciado foi subitamente suspenso pelo cumprimento dos dois peões que chegavam. Com um “dá licença, Dona Guilhermina, bom dia ‘Seu’ Felipe”, sentaram à mesa e o desjejum foi servido.

Aquele dia foi longo e penoso para Felipe. Não conseguia tirar da mente a conversação interrompida e que, seguramente, já não teria continuidade. Ao correr das ideias que lhe atropelavam a mente, a impressão que ficou era a de que a mulher que à noite estivera em seu quarto não era a mesma que encontrara pela manhã.

Nos dias que se seguiram, Felipe enfrentou alguma dificuldade ao se dirigir a Guilhermina. Continuava sem entender a recusa da moça em admitir o encontro de que haviam desfrutado. Guilhermina, porém, inexplicavelmente, estava mais afável do que jamais estivera e o tratava com certo carinho que, no entanto, tinha o cuidado de não acentuar. Talvez, pensou Felipe, ela fosse dessas mulheres lunares, sobre as quais o padrinho o alertara. Mulheres que sempre mantêm o homem a uma desamparada distância, de humor instável e que sustêm o companheiro preso numa teia de insegurança. Tais sentimentos e a obsessiva busca de explicação foram abrandados quando, em longa conversação por Guilhermina iniciada, Felipe contou-lhe alguns episódios engraçados de seu tempo de estudante. E quando a conversa derivou para o trabalho, a convenceu da compra de um pequeno trator e de como seria mais lucrativo diversificarem as lavouras. A partir desse momento, ele percebeu um brilho novo, uma cintilação de contentamento no olhar da moça. E, finalmente, ao ficarem acertadas as melhorias a serem implantadas, ela disse:

– Penso que chegou a hora de saberes um pouco mais a respeito da minha família e de mim mesma. Eu fui a primeira menina, em gerações, a nascer entre os Hartmann. O pai nunca desculpou minha mãe por ter gerado uma mulher. Rompera-se a tradição da família e, como consolo, lhe restou me vestir como um garoto até a adolescência. Minha mãe era uma pessoa bondosa e totalmente submissa a um marido de poucas palavras e levou o resto da vida assim, ordeira e trabalhadora. Eu recebia seu carinho apenas quando o olhar controlador do pai se fazia ausente. Assim foi até o dia em que ela morreu. Então, com as primeiras menstruações, me dei conta de que se tenho sangue dentro do corpo para esbanjar a cada mês e nem por isso morro, devo carregar em mim alguma força desconhecida. Fugi para São Sebastião, certo dia, com algum dinheiro que surrupiei do velho. O menino que saíra daqui pela manhã voltou à tarde como menina. Ao me ver, o pai grunhiu feito um bicho, sentiu-se mal e me pediu ajuda. Dei-lhe um copo d'água. Ao se recuperar, não mais falou no assunto. Nem naquele dia, nem nunca mais.

"No entanto, o pai tinha um trunfo que, mais de uma vez, usou contra mim. Ele sabia do meu medo, do terror que os lobos me provocavam. Sabia o quanto eu lutava para não ouvi-los, como tapava os ouvidos, como me escondia sob o cobertor. E, para vingar a transmutação imposta ao filho que tentara forjar, em noites de lua cheia me levava até a clareira, na mata. Ali me abandonava, sob ameaças. Não me deixava sequer uma lanterna e me fazia passar a noite ao relento, exposta a um possível ataque dos animais.

"Mas os lobos sabiam. Logo que o pai voltava para casa, vinham em pequenos grupos e, com a inocência que só nos animais existe, aproximavam-se, tímidos. Cheiravam minha pele e lambiam meu suor. Se na madrugada fizesse frio, aninhavam-se à minha volta e ali adormeciam comigo. À primeira luz da manhã, sumiam no interior da floresta.

"Sou agradecida aos lobos. E como suas vítimas rareiam a cada dia que passa, como os bezerros estão mais bem protegidos nos currais e como eles próprios correm constante risco de serem abatidos, procuro socorrê-los como posso. Se deixo de aparecer por uns tempos, me chamam. Sei, então, que me esperam e, durante a madrugada, sigo pela trilha que leva a seu encontro."

Embora os dias ainda fossem ensolarados e quentes, o outono já se fazia anunciar com seus primeiros mantos de névoa. Há pouco adquirido, o trator acelerava o preparo do solo. Felipe, senhor da máquina, orgulhava-se de ensinar Guilhermina e o mais velho dos peões a manobrá-la. As lições, sempre esperadas com alegre expectativa, ocorriam ao final da tarde, quando cessava o trabalho no campo e se não houvesse alguma tarefa urgente a ser realizada. Como naquela tarde, com os peões ocupados em carnear um porco. Felipe, alegando uma cerca derrubada a precisar de reparos, embrenhou-se no campo. E, enquanto se afastava, procurou não ouvir os berros do animal sendo sacrificado.

Felipe, insone, sentou-se junto à luz e retomou o livro das excentricidades. Repassou os olhos pelo capítulo sobre a dama da Bukovina e, já nas páginas finais, encontrou uma nota de rodapé que antes não lhe chamara a atenção: Elisabetha mantinha lobos junto a si, para se entreter durante os longos invernos. Na primavera, devolvia-lhes a liberdade. No ano seguinte, quando o frio voltava, os lobos surgiam novamente, junto ao castelo, em busca de carne e calor. A intimidade da criminosa com os animais serviu como prova de seu comércio com os poderes ocultos e pesou gravemente em sua condenação. Neste ponto, Felipe fechou o livro e o deixou no chão, junto à cabeceira da cama. Em seguida, apagou a luz, despiu-se e deitou.

Pensou em Guilhermina, adormecida no seu quarto, ao fundo do corredor. Em outras noites, haviam voltado a se encontrar. E fora sempre ela a vir a seu aposento. Estava por adormecer quando foi despertado. Olhou para a fresta sob a porta. Como da outra vez, a luminosidade passou e foi morrendo enquanto os passos se distanciavam. Saltou da cama e foi à janela. A nitidez com que o luar desenhava a paisagem tornava visíveis as colinas ao longe, e a rocha, no topo da montanha, resplandecia em sua brancura. Em instantes, Guilhermina surgiu ao fazer a volta à casa. Seus cães iam à frente e por vezes a cercavam aos saltos. Ela levava, sobraçando-a junto ao quadril, uma grande bacia de alumínio que Felipe já vira no galpão. À entrada do bosque, ela parou. Gritou algo para os cães, que voltaram para casa.

Ainda sem acender a luz, Felipe tateou o chão. Encontrou as calças, vestiu-as e saltou pela janela. Logo apressou o passo, não podia perder Guilhermina de vista. Conhecia pouco aqueles lados e a lua, por entre a copa das árvores, mal conseguia iluminar a trilha. Andou por um bom tempo até que a vereda se estreitou e os ramos dos arbustos mais baixos começaram a fustigar-lhe o tórax. Mais adiante, numa curva, perdeu de vista o vulto. Relaxou, então, o passo com a preocupação única de não perder o rumo. Quando as árvores rarearam e se abriram num círculo, viu a clareira e, no seu centro, Guilhermina rodeada de lobos. O luar descia sobre os animais e a moça, e Felipe podia ver como ela distribuía a carne. A um ou outro, filhotes ainda, dava a comida na boca; para os adultos, jogava-lhes os nacos sobre a relva ou deixava-os comerem da bacia. Finalmente saciados, os animais em alerta puseram de novo sua atenção no entorno de arbustos e árvores. Com os focinhos esquadrinhavam o ar, e repentinamente seus olhos luziram fosforescentes. Haviam sentido a presença do homem. Guilhermina, de olhar atento, perscrutou as sombras e descobriu o intruso. Seguida dos lobos, encaminhou-se para Felipe e o enlaçou. Abraçados, sob o olhar indiferente dos animais, deitaram-se sobre o frescor do musgo. Ele deixou correr seus dedos pelo corpo de Guilhermina e aspirou profundamente o rascante aroma de resinas que, em vagas, errava pela clareira.

A lua, a oeste, descia mais pálida, e a manhã já nascia quando acordaram. Os animais haviam sumido no bosque, e Felipe soube então que a cadeia se fechara. Era prisioneiro desses campos, dos lobos e de Guilhermina.

Brau Lopes

Nos verdes campos do pampa
Rola uma história malina,
Rola um assombroso conto
Sobre um touro e seu destino.

Diz a lenda que, alta noite,
Pelas coxilhas se escapa
A sombra desse animal,
Farta de dormente pasto.

Foge a xucra aparição,
Foge o errante fantasma,
Na testa exibe dois cornos
Em ouro fino moldados.
(...)

Os campos de cima da serra compõem, provavelmente, a mais bela e deserta paisagem do sul. É nessa região que os ares são mais finos e a solidão, mais silenciosa. É lá, também, que o sol oblíquo de outono desenha alongadas figuras de sombra pelo chão. Banhadas pela luminosidade outonal, a erva das colinas e a copa dos pinheiros adquirem uma cor irreal que, ao crepúsculo, se enriquece com tonalidades de cobre. À noite, a lua e as estrelas parecem estar mais baixas e, se nos descuidarmos, uma nuvem errante talvez nos invada a casa por uma janela aberta.

Quando o inverno se aproxima, os dias tornam-se, pouco a pouco, mais curtos. Caem as folhas das árvores decíduas e a neblina desce sobre a paisagem, permanecendo por dias seguidos a esfumar a beira dos precipícios e o contorno dos bosques. Durante as madrugadas, a geada vitrifica a água das poças, e a roupa esquecida nos varais amanhece enrijecida de gelo.

Em certos dias de frio rigoroso, quando o céu se fecha num cinza pesado, pode-se esperar alguma neve. Nunca, porém, o suficiente para causar grandes transtornos, mas o bastante para interferir na forma das coisas. Com a neve, a paisagem muda de aspecto. Torna-se outra. Fantasmagórica. E o viajante descuidado corre o risco de perder-se ao seguir, confundido pela brancura da paisagem, por caminhos desconhecidos.

Brau Lopes, um povoado com cerca de mil habitantes, fica a meio caminho entre Cambarás e Mangueira de Pedra. A população se espalha do vilarejo às granjas produtoras de leite e frutas. Em outros tempos, essas terras eram parte integrante da estância de Eritreu Gonzaga e Leães.

Eritreu, homem já entrado em anos, mas ainda solteiro, vivia na companhia da mãe, Dona Eritreia, mulher de grande fibra e extrema velhice. Com cerca de cem anos bem vividos, a velha mãe dirigia, com o filho, os negócios da fazenda.

A Estância dos Leães – assim era conhecida a propriedade – formava um universo com vida e leis próprias. Uma fartura rude, produzida na própria estância, fartura que excluía, porém, o café, o sal e o açúcar – esses, comprados numa venda a léguas dali –, mantinha patrões e empregados frugalmente satisfeitos. Os campos dos Leães abarcavam, também, um pequeno bordel onde viviam, contando com

Oscarina, a proprietária, quatro prostitutas e um pederasta de nome Amparito que, além de cozinheiro de mão cheia, era também a alegria da casa. E, já no limite das terras, situava-se o bolicho.

Entre os peões, um deles, com cerca de vinte anos, meio indiático e muito guapo, era o homem de confiança dos Leães. Brau Lopes, que um dia chegou andarilhando de não se sabe onde, caiu nas graças da mãe e do filho. Em pouco tempo, tornou-se o braço direito do patrão nas lides de campo e seu companheiro nas visitas mensais ao cabarezinho de Oscarina.

Numa dessas madrugadas de lua cheia, ao voltarem da farra, Brau Lopes chamou a atenção de Eritreu para uma reverberação dourada na lama do caminho. Apearam, recolheram um pouco da terra e, assim, com uma das mãos cintilando sob o luar, retomaram a direção da casa. No caminho, matutavam a respeito do achado. Como fora parar ali esse ouro? Quem sabe se roubado e perdido por alguém em fuga? Se roubado, roubado de quem? Ou seria coisa dos ciganos? Pois não havia um bando que acampara lá para os lados do bolicho?

Dona Eritreia, ao pôr os olhos nos torrões trazidos, pontificou do alto de sua idade:

– Te digo, filho, isso é ouro caído dos cornos do touro-fantasma.

E Eritreu:

– Capaz, mãe!

– Les garanto, rapazes. Eu era criança e já se falava a respeito. Só que ninguém jamais conseguiu ver o animal.

Temos que laçar esse touro. Com o bicho em nosso poder, vamos fazê-lo cruzar com nossas melhores vacas.

No inverno que se seguiu, Brau Lopes teve que percorrer os campos durante noites e noites a fio. Em suas andanças, os cascos da montaria faziam estalar a geada que endurecia o capim. Outras noites, uma súbita nevasca deixava seu chapéu e o poncho com o dobro do peso. Era preciso, então, apear, sacudir os flocos e seguir na busca. Ora, sendo o frio violento e a carne fraca, em muitas madrugadas gélidas Brau pediu pouso na casa de Oscarina. No modesto lupanar, podia escolher a companhia que lhe apetecesse. E Amparito, de quebra, ainda preparava um arroz de china que lhe devolvia o calor ao corpo. Nos sábados em que não comparecia ao bordel, acabava sempre por encontrar um bailarico a léguas da estância dos Leães. E lá se metia ele.

Certa vez, num desses fandangos, Brau dançou com Ordalinha, a filha do bolicheiro. Acostumado só ao pessoal de Oscarina, o peão gostou do ar um tanto xucro da moça. Daquela noite em diante, encontravam-se nos bailes e logo o encantamento os pegou de jeito. Quando perceberam, estavam se gostando. Terminado o baile, ao voltar para a estância, Brau ia de olho caído de tanto sono, mas de coração desperto. E troteava para casa enquanto procurava se manter atento ao menor brilho de ouro nos gravatás ou nas moitas de barba-de-bode.

Mãe e filho, embora desapontados com o fato de Brau não mais ter encontrado sequer sombra de ouro, deram-lhe ordens para redobrar o cuidado na procura.

Mas se, por um lado, Dona Eritreia haveria de ficar sem o ouro do boi fantasma, por outro estava a ponto de ver-se aliviada de sua maior preocupação. Pois a velha desconfiava não ter mais muito tempo de vida pela frente e temia morrer sem ver o filho casado. Ou, pior, temia que uma das mulheres do puteiro engravidasse de um qualquer e apresentasse a criança como filha de Eritreu. Daí sua silenciosa alegria quando, em certo entardecer, o filho a informou de seu desejo de casar. A mãe, com a sabedoria que os anos oferecem feito consolo aos velhos, não demonstrou nem surpresa, nem contentamento e nem sequer o menor ciúme materno. Empertigada, com o olhar fixo no crepúsculo enquanto sorvia o mate, apenas comentou como se a boda fosse já coisa decidida:

– Só espero que minha nora seja ancha de quadril.

Eritreu a tranquilizou:

– A senhora conhece ela. É Ordalinha, a filha do bolicheiro.

Sem deixar transparecer a ponta de decepção que experimentava, a mãe perguntou:

– E tu gostas dela?

– De longe, gosto muito.

– E de perto?

Ele deu por encerrado o assunto:

– De longe ou de perto, é tudo a mesma coisa. No domingo, falo com o pai dela.

A ida ao bolicho resultou em contrato de casamento. Para desespero de Ordalinha. Brau, por sua vez, quando soube que o patrão estava noivo da mulher a quem amava, pensou primeiro em fugir com a moça. Mas logo desistiu, já que para fugir é preciso ter algum dinheiro. E ele não tinha nenhum. Imaginou até acabar com Eritreu numa emboscada, quando o patrão voltasse, meio tocado, da casa de

Oscarina. Matutou e matutou. Não, matar, não, concluiu. Como poderia voltar-se contra quem era como se fosse seu pai? Finalmente decidiu que o melhor era esperar. Alguma solução tinha que surgir.

De fato, a solução surgiu. Eritreu casou com Ordalinha. Na festa, foi Brau Lopes quem, mesmo amargando ciúme e mágoa, assou o churrasco para os poucos convidados. A partir daí, com Ordalinha morando na estância, Brau tornou-se uma espécie de peão pra toda obra. Era requisitado não apenas para as tarefas campeiras como, também, para pequenos reparos no lar de Eritreu. Ordalinha mandava chamá-lo seguidamente, nos mais diversos horários, para inveja da peonada. De resto, Brau seguiu com seu trabalho noturno. Montava o tordilho e se tocava para o campo em busca de ouro. Já as visitas ao bordel ficaram mais raras. Vez que outra, e olhe lá.

A felicidade do velho Eritreu durou pouco. Certa manhã de domingo, não levantou. Foram ver, estava duro. Morrera durante a noite, e Ordalinha nem tinha percebido.

Abrandado o luto, recomeçaram as preocupações de Dona Eritreia. Ordalinha não engravidara, e a estância permanecia sem herdeiro. Quem sabe a nora pudesse... Mas, não. Recém-viúva e pouco mais que uma menina, Ordalinha não estava pronta para a dura tarefa de levar adiante os negócios.

Passados uns poucos meses da morte do filho, a mãe chamou a nora ao quarto. Deitada em sua cama, Dona Eritreia falou:

– Minha filha, daqui a pouco vou morrer. Me promete que, em breve, voltas a te casar. E eu queria que fosse com o Brau Lopes. Ele sempre foi protegido nosso. Casa-te com ele, sejam felizes e tenham muitos filhos. Todos homens.

– Prometo, Dona Eritreia. Juro pelo que tem de mais sagrado – respondeu Ordalinha enquanto recuava o rosto para a sombra, evitando que a sogra lhe percebesse o brilho de alegria no olhar.

Feliz, Dona Eritreia virou-se para a parede, teve um ronco no peito e partiu desta vida.

O casamento de Brau Lopes com Ordalinha deu-se no mesmo dia em que foi celebrada a missa em intenção da alma da estancieira. Passados cinco meses, nascia o primogênito, Brau. Ao todo, o casal teve nove filhos. Todos homens.

Os filhos fazem o tempo dos pais rolar mais depressa. Certa manhã de sábado, enquanto fazia a barba frente ao espelho, Brau Lopes deu-se conta de que já era um velho. Percebeu também que estava chegando a hora de partir e deixar seu mundo para os filhos e netos. Naquela noite, deitado ao lado da mulher, no escuro do quarto, lhe falou ao ouvido:

– Quando eu morrer, quero ser enterrado de pilcha nova. Comprei ela faz muito tempo e 'tá guardada no baú, debaixo da cama.

Pouco tempo depois, o inevitável aconteceu e, quando foram vestir o corpo, Dona Ordalinha e duas noras tentaram, inutilmente, mover o baú. Foi preciso chamar os filhos. Os nove homens puxaram a arca para o centro do quarto. Fechada com um cadeado grosso e sem instruções sobre onde encontrar-lhe a chave, viram-se obrigados a usar um pé de cabra. Ao erguerem a tampa e retirarem a roupa para o morto, recuaram ofuscados pelo resplendor que vinha do fundo. Era muito o ouro acumulado em anos e anos de procura.

O que certa vez foi a Estância dos Leães é hoje o povoado Brau Lopes. Seus campos passaram por alterações importantes. Em vez de gado de corte, produzem leite e derivados. Outra fonte de renda são as vastas plantações de maçã, amoras, mirtilos e peras-pau, estas destinadas à fabricação de conservas e geleias.

O clima frio dos campos de cima da serra propicia vida longa a seus habitantes e favorece o cultivo de frutíferas europeias. Mas a mudança na economia da região e a moderna tecnologia empregada no cultivo e cuidado dos pomares não interferiram nas tradições do lugar. É o que ocorre com o secular costume, legado pelo Brau Lopes ancestral, de procurar ouro. Por isso, se o visitante percorrer os campos em noites de lua, sempre encontrará alguém, a cavalo, vasculhando o chão. Até hoje não se sabe ao certo se alguém viu, de fato, o touro espectral. Uns juram, porém, que viram sua sombra deslocando-se em doida carreira; outros afirmam terem visto o animal escoiceando o chão e soltando vapor sulfurino pelas ventas, e outros, ainda, dizem que foram feridos por uma estocada de seus cornos metálicos. E desabotoam a camisa para melhor mostrar, na pele morena do peito, longas cicatrizes escuras. Se o que contam é verdade ou fantasia mentirosa, difícil saber. No entanto, não foram poucos aqueles que, em suas andanças por colinas e talvegues, acharam finas lâminas de ouro misturadas à poeira das trilhas.

Espinheiros

Há alguns anos, durante uma estada em São Leopoldo, visitei várias vezes a biblioteca da cidade em busca de dados sobre a imigração alemã no século XIX. Durante uma dessas visitas, em que passei a tarde a vasculhar fichários, encontrei um raro exemplar de *Mentiras e verdades – a história dos Mucker*, de T. Kassel. O autor publicou a obra em 1938, no Rio de Janeiro, com apoio da Embaixada Alemã e em convênio com a Tipografia e Editora Nova Luz. Embora criticado à época, o livro apresenta dados sobre a seita Mucker que, até o presente, não foram contestados. Fartamente documentado, o trabalho é rico em fotos e mapas da região por onde os Mucker, como são designados os participantes do grupo, desenvolveram suas ações buscando atrair novos crentes.

Com um texto límpido e objetivo, Kassel deslinda as intrincadas relações econômicas e culturais que provocaram a ascensão e a queda da visionária Jacobina Maurer e seus fiéis. O autor também denuncia a satanização de que o grupo foi alvo na obra *Os Mucker – a tragédia histórica do Ferrabrás*, de Ambrósio Schupp, que teve sua primeira edição em 1900.

Kassel defende, contra as ideias de Schupp, a incômoda tese de que os Mucker foram, a bem da verdade, mais vítimas do que algozes. Afirma, também, que a sedição, antes de mais nada, respondia a um profundo sentimento de apatridade reinante em alguns grupos de agricultores.

Ao correr de 388 páginas, o autor ainda traz à luz outros motivos para a irrupção do movimento, tais como o isolamento dos colonos; a falta de assistência do governo no que tangia à educação; a dificuldade, quando não a impossibilidade, de chegar aos serviços médicos; a lentidão ou ausência da justiça; e os altos impostos.

A reticência com que o livro foi recebido redundou em que apenas metade dos seiscentos exemplares fosse comercializada. Dos restantes, uma parte foi doada a colégios, enquanto a outra deve ter-se perdido.

Entre as diferentes localidades que tiveram participação no episódio Mucker, Kassel menciona Espinheiros. À época, o então vilarejo, mais o seu entorno, foram os lugares onde os crentes, pela persuasão ou pela força, conquistaram grande número de fiéis. Situada em Vale Bonito, a cerca de cinquenta quilômetros do Morro do Ferrabrás, Espinheiros é hoje uma pequena cidade em que lenda e história acabaram por misturar-se em urdidura inextricável.

A leitura de *Mentiras e verdades* foi decisiva para que me deslocasse até lá. Queria encontrar dados inéditos esparsos pela história familiar de possíveis descendentes dos rebeldes. Esperava, também, recolher algum material que me fosse útil para uma posterior recuperação do perfil psicológico de Jacobina.

Cheguei a Espinheiros num domingo, à tarde. No pequeno e vazio hotel, pedi um sanduíche e um café preto.

Depois, saí a perambular. Na rua principal, impressionaram-me algumas construções que datam, seguramente, de meados do século XIX e que conseguiram salvar-se do surto de demolição que acompanhou o recente crescimento econômico do Vale.

Na mesma rua fica o bar mais frequentado, o Café Esportivo. Com seu assoalho de cerâmica hidráulica, o Café é o lugar em que se encontra a bebida mais gelada para as tardes de verão. É lá também que, tanto quanto a cerveja, rola um carteado já tradicional. Às quartas-feiras e aos domingos, à noite, ali se reúnem os que não têm outro compromisso. Formam-se parcerias, e os naipes passam então por mãos ágeis, embora calejadas pelo trabalho árduo nos campos. A atenção dos jogadores e a conversação apenas murmurada rompem-se tão somente nos intervalos entre as partidas. A breve pausa é aproveitada para se fechar um cigarro ou pedir algo para beber. É então que a conversa toma impulso e comentam-se as novidades. Qualquer informação sobre o lugar também pode, nesse momento, ser colhida.

Foi no Café que descobri algo sobre os espinheiros que dão nome ao lugar. Soube-o por Benno Hagemann, proprietário de uma das tantas granjas que se estendem pelo Vale. Já o sobrenome de Benno me era conhecido, pois T. Kassel o menciona mais de uma vez.

Segundo Benno, o nome Espinheiros nada tem a ver, como se poderia supor, com as espinhosas touceiras de framboesa silvestre, tão comuns na região. O nome designa uma espécie de bambu um tanto raro, munido de grandes e duros espinhos. Os antigos habitantes da região, bugres que migraram com a chegada dos colonos, acreditavam que os bambus espinhentos fossem morada de espíritos malignos. Aprisionados no oco dos caules desde o início do mundo, os demônios teriam como único prazer o tormento provocado, por seus chuços, naqueles que se aventurassem pelas trilhas dos bambuzais.

O tempo em Espinheiros parece fluir com indolência, o que provoca nos forasteiros a sensação de que, para os habitantes do lugar, o passado ainda não é passado. Certamente, a impressão se origina da disponibilidade dos moradores, velhos ou jovens, para contar as histórias por lá ocorridas. Há uma precisão em suas informações e uma riqueza de minúcias tal como se tivessem sido testemunhas dos acontecimentos.

Ao saber de meu interesse pela sedição Mucker, Benno pediu uma cerveja. Enquanto bebíamos, passou-me alguns dados sobre a revolta e prontificou-se a me levar até a sede de sua granja:

– Eu mesmo podia lhe contar muitas histórias. Mas vou lhe apresentar meu pai. Ele sabe das coisas melhor do que eu. Amanhã, de tarde, pelas quatro, apanho o senhor.

No dia seguinte, o granjeiro se adiantou no horário. Depois de curta viagem por uma estrada de saibro ladeada por vastas plantações de girassol e lavouras de milho, fomos saudados por Frederico Hagemann.

O velho começou sua narrativa quando já estávamos acomodados na varanda da casa. Depois de algumas considerações sobre a lucratividade do girassol naquele momento de valorização dos óleos vegetais, Frederico começou a contar algo do que sabia sobre os fatos que enlutaram o lugar, nos anos de 18... . Tentarei refazer o relato a partir de algumas anotações apressadas, embora talvez não consiga reproduzir integralmente o que me foi contado. Ou, talvez, numa involuntária traição, acabe acrescentando um ou outro detalhe fantasioso.

Em meados do ano de 1874, ou 73, o agricultor Cristóvão Hagemann, um dos homens de confiança de Jacobina, natural de Espinheiros e proprietário de alguns hectares, encontra-se arranchado junto aos Mucker. Longe da família há quase um ano, Cristóvão escreve para sua mulher, Ulrica. Na carta, trazida por um mensageiro, Hagemann ordena que a esposa lhe envie Teodora, a filha primogênita. A adolescente, à época, teria cerca de treze ou quinze anos.

Para prevenir perguntas embaraçosas quanto à insólita ordem, Cristóvão informa que pretende casar a menina com um jovem recentemente convertido à seita. O noivo seria um moço robusto, de sangue limpo e herdeiro único de várias colônias de terra. Para tranquilizar Ulrica, diz ainda que os pais do rapaz receberão com alegria a jovem nora. Prossegue descrevendo, em poucas palavras, as vitórias do movimento em suas escaramuças com famílias adversárias e nas até aí raras refregas com tropas do Império.

Para inquietação da esposa, no entanto, Hagemann finaliza dizendo que a menina deverá viajar sozinha, acompanhada tão somente pelo mensageiro. A mãe não precisa e não deve acompanhá-la.

Ulrica ainda não acomodara o estranho no celeiro e já decidira: chamaria uma prima para cuidar da casa e zelar pelas outras três crianças. Ela acompanharia Teodora. Dois dias depois, partiram. Na pouca bagagem, algumas mudas de roupa para a adolescente e o vestido de noiva, em tecido preto, que vestira Ulrica no dia de seu casamento. O véu branco ainda estava intacto, embora sua delicadeza. As flores secas da grinalda, porém, se desfizeram ao toque das mãos da menina. A mãe procurou não pensar no possível mau presságio que percebia na grinalda desfeita. E consolou Teodora:

– Farei outra para ti. Com flores frescas. Sempre-vivas, ou rosas. Se houver rosas no acampamento.

O que o mensageiro não sabia, e por isso não pudera alertar Ulrica, era que, alguns dias antes, possessa pelo espírito divino, Jacobina profetizara mais uma vez. Com voz masculina e rouca, comunicara a necessidade de um grande sacrifício. A imolação seria exigência que garantiria a vitória do grupo sobre as tropas imperiais que, segundo notícias chegadas há pouco, estariam prestes a atacá-los com forças redobradas.

A comunicação aos fiéis ocorreu durante um serviço religioso de explicação das Escrituras. Pela boca de Jacobina, Deus, conhecedor dos pensamentos humanos, exigia a retratação de um dos mais importantes homens na hierarquia da sedição. O homem era Cristóvão Hagemann, que, de fato, confidenciara a alguém que pretendia abandonar a causa. Como prova de amor ao Deus Único ou, talvez, como evidência de fidelidade à seita, Cristóvão deveria, agora, entregar-Lhe a filha mais amada.

Não se sabe qual a reação de Cristóvão quando lhe foi revelada a vontade divina. Certas fontes, porém, informam que ele tentou o suicídio. Dias depois de saber da sentença, tomou seu cavalo pelas rédeas e, a pé, embrenhou-se na mata próxima. Ali, junto à pedra em que se realizavam oferendas de sangue, procurou se matar. Improvisou um laço com as rédeas, mas recuou no último instante. Ou por covardia ou porque um companheiro seu, Arnold Stein, que o seguira, conseguiu demovê-lo. O depoimento e as informações do amigo seriam preciosos para a reconstituição, ainda que fragmentária, das horas finais de Teodora.

No caminho de volta, os dois pouco falaram, mas coisas graves foram insinuadas e duras verdades confessadas, reforçando-se, desse modo, a cumplicidade entre os dois. E quando já avistavam a fraca luz de uma ou outra lamparina a arder no acampamento, Arnold sugeriu que o amigo aproveitasse o momento e fugisse para junto dos seus. Ouviu como resposta:

– Se Deus é o inimigo, toda ação é inútil; toda oração, mero palavreado.

E, ante o silêncio do companheiro, encerrou a conversa:

– Se fujo, cedo ou tarde eles me apanham, tocam fogo em minha lavoura e matam minha família. Talvez o pequeno Orin, meu único filho homem, sobreviva. Mas será sequestrado e entregue a Jacobina. Uma vez entre os Mucker, será criado para servir à seita.

De volta ao acampamento, Cristóvão fechou-se em sua choupana e, à luz de um lampião, escreveu para casa.

A chegada de mãe e filha causou surpresa e alvoroço. O que Ulrica viera fazer ali? Cristóvão não fora claro ao ordenar que a filha viajasse acompanhada tão somente pelo mensageiro? O que fazer para que Ulrica retornasse imediatamente para casa, deixando de ser, com sua presença, mais um estorvo a adiar o sacrifício? Na breve discussão entre marido e mulher, Cristóvão, raivoso, invocou as ordens dadas:

– Eu disse que não devias acompanhar Teodora.

– Estar longe da família parece que te afetou o juízo. Como podias pensar que eu entregaria nossa filha a mãos desconhecidas?

– O mensageiro não é um desconhecido.

– Para mim, é. E mais: não geraste sozinho nossa filha. Eu a carreguei dentro de mim por nove meses, padeci o horror do parto e lhe dei de mamar. Tens que admitir, Teodora é muito mais minha do que tua. Em nome de quem ou de quê iria abandoná-la agora?

– Eu sou o pai, eu comando. Tudo me é permitido.

Calaram-se com a entrada de Teodora, acompanhada da própria Jacobina. Ao ver o pai, a menina, com um grito de alegria, jogou-se em seus braços. Quanto a Jacobina, procurou ignorar a presença de Ulrica. Não conseguiu, porém. Depois de um breve instante de surpresa, cumprimentou a recém-chegada com um leve movimento de cabeça e se retirou.

Ao longo dos dois dias que passou no acampamento, Ulrica tentou entrevistar-se com Jacobina. Mas sempre que procurava vê-la alguém aparecia à porta para informá-la que a líder dos Mucker não poderia recebê-la naquela semana. Questões de estratégia e de defesa do grupo tomavam-lhe todo o tempo.

Com a presença de Teodora, os acontecimentos se aceleraram e os fatos, com a passagem dos anos, acabaram por se embaralhar. É desse emaranhado de dados que surgem duas ou três versões para um único acontecimento. No caso de Teodora, as versões diferem bastante entre si e sequer são unânimes quanto a sua morte. Certamente a dificuldade de conviver com a memória da imolação tenha levado os fiéis, ao menos aqueles que participaram da cerimônia mortal, a imaginar outros finais para o episódio. Em uma das versões, Teodora teria sido raptada por um jovem Mucker, justamente aquele que deveria, até o último instante, representar o papel de noivo. Os dois teriam fugido, aproveitando a noite de chuva pesada, na véspera do dia assinalado para o sacrifício.

A outra versão afirma que Jacobina, num rompante de piedade, teria libertado a adolescente, e que essa, após receber sua bênção, partira para a casa do pretenso noivo.

No seu livro, Kassel não apoia nenhuma dessas versões, embora fique clara sua inclinação pela ideia do filicídio. Nos desfechos que, de certa forma, contradizem-se, há somente uma certeza: Teodora, depois do dia fatídico, não mais foi vista. Sabe-se, também, que Ulrica viu-se forçada a voltar para casa bem antes da falsa boda se realizar. Retornou sob escolta e na incerteza do destino da filha.

Segundo Arnold Stein, porém, em declaração por ele assinada na comarca de São Leopoldo, a menina foi levada à imolação acompanhada apenas de algumas mulheres, que se retiraram antes do golpe mortal ser desferido. Por ordem de Jacobina, apenas os homens, os mais fortes, deveriam se fazer presentes. Ele, Arnold, não teria presenciado o sacrifício. Soubera dos fatos por outros, que tudo teriam acompanhado. Talvez essa seja a versão mais próxima do que realmente ocorreu, pois, a partir desse momento, Cristóvão como que perde a fala, apresentando, ainda, sinais de demência. E foi assim, meio alheio à realidade e praticamente mudo, que Cristóvão Hagemann participou do último enfrentamento com as tropas do governo imperial.

Quando soube do destino de Teodora, Ulrica não se lamentou e permaneceu de olhos secos, sem pranto. Pediu que o portador da notícia esperasse um pouco, deu-lhe as costas e desapareceu no interior da casa. Sentou-se à mesa da sala e escreveu uma carta para o marido. Ao retornar ao alpendre, o mensageiro já tinha partido.

Tempos depois, Cristóvão Hagemann finalmente reapareceu. Com dificuldade, balbuciou umas poucas palavras e tentou articular algumas frases. Procurava narrar, com certa coerência, o que lhe acontecera. Ferido em combate, arrastara-se por macegas e sangas e, certa manhã, fora encontrado por agricultores a caminho da lavoura. Recolhido, ficara hospedado em casa de estranhos até que o tumulto provocado pelo extermínio dos Mucker havia serenado. Sobre o desaparecimento da filha, silenciou.

Cristóvão foi recebido com tímido carinho pelas crianças e com mal contido rancor pela mulher. Como sempre fizera ao longo de sua vida de casados, Ulrica lhe preparou o banho na tina de madeira e lhe deu uma toalha limpa. Observou, por um tempo, o marido no banho e não se surpreendeu quando o viu ensaboar e lavar as mãos com nervosa insistência. Pensou:

– Esse homem matou minha filha.

Enquanto Cristóvão se secava, Ulrica foi para o interior da casa e preparou-lhe a cama. Forrou o colchão com lençóis limpos e mudou a fronha do travesseiro.

Passados alguns dias, Cristóvão Hagemann é encontrado, já sem vida, na cama do casal. Em sua agonia, vomitara por entre golfadas de sangue. Desgraçadamente, Ulrica não vira nada e, assim, nada pudera fazer para impedir sua morte. Havia passado a noite no quarto do pequeno Orin, que estivera febril desde a tarde anterior. Ela acordara com o estampido de uma arma e, supondo tratar-se de bandoleiros, ficara com medo. Trancara-se no quarto do menino por um bom tempo. Depois, sem outros sinais de que estranhos houvessem penetrado na casa, foi ver como estava o marido. Encontrou-o morto, por entre os lençóis ensanguentados.

O subdelegado, com algum conhecimento de criminalística, atestou suicídio. De fato, a mão enrijecida ainda detinha, entre os dedos, a arma da morte. E a bala varara o peito de Cristóvão, à altura do coração. Estranhamente, ninguém lembrou-se de fazer perguntas ao pequeno Orin ou às duas meninas.

Tempos depois, ao final de um inverno prolongado e gélido, ocorreu um surto violento de gripe na região. Ulrica ficou acamada por uns dias e foi preciso delegar às duas filhas, Ereda e Cristiana, o comando da casa.

Numa dessas faxinas realizadas a cada início de primavera, as meninas encontraram uma carta perdida entre papéis sem importância. Ereda, a mais velha das duas, leu-a. Leu-a, mas, tomada de medo, não revelou a ninguém o que lera. E fez Cristiana jurar pela alma do pai que nada diria a ninguém. Voltou a dobrar a folha e escondeu-a entre as páginas de uma Bíblia. Depois subiu, silenciosamente, para o sótão. Lá, esqueceu o livro num desvão empoeirado.

Nesse ponto, o velho Hagemann suspende a narrativa e diz a Benno:

– Vai lá dentro e traz a pequena arca.

O filho obedece e volta sobraçando um pequeno cofre de madeira com cantoneiras de ferro. Retira de dentro um envelope de papel grosso. Abre-o e me alcança uma folha de papel amarelado. Leio a carta sob um resto de claridade diurna:

> Cristóvão,
> Quem te escreve é aquela que, certo dia, casou contigo e te deu quatro filhos. E embora quisesses demonstrar amor igual pelos quatro, te traías a todo momento. A filha que mais amavas era nossa primogênita, nossa Teodora. Porém, de nada lhe valeu o teu amor. Tomado de loucura, obedecendo a um deus cego e selvagem, cometeste a ousadia máxima. Tiveste a coragem que poucas feras têm. Mataste nossa filha. E, depois, te escondeste no escuro poço da loucura. Certamente, apenas te amparando na insanidade consegues conviver com a lembrança do crime cometido.
> Para evitarmos que mais sangue seja derramado, digo-te que nunca retornes à nossa casa. Viverei melhor na tua ausência e, contigo longe, não me verei obrigada a fazer a justiça que nossa filha aguarda, (...)

Devolvi a carta e ficamos, os três, em silêncio. Anoitecia. As sombras haviam engolfado a casa de meus anfitriões. Vindo do pátio, um cachorro lebreiro entrou na varanda, abanou alegre a cauda e deitou-se aos pés de Frederico.

Referindo-se ao cão, o velho observa:

– Este não me larga nunca. No dia em que me levarem pro cemitério, ele irá atrás, seguindo o cortejo. E vai se deitar sobre minha tumba. Ali ficará, com sol e com chuva, pra me fazer companhia.

E dirigindo-se ao cachorro:

– Não é, companheiro?

Alguém, de dentro da casa, acendeu a luz no avarandado. Perguntei a Benno:

– Diga, é possível visitar, se é que ainda está de pé, a casa de Cristóvão e Ulrica?

O velho se adiantou:

– Certamente.

E Benno:

– O senhor está na casa construída pelo casal. Aqui se deram os fatos. Daqui Teodora saiu ao encontro da morte. Para cá retornou Cristóvão, para morrer. Veja essas paredes, foram erguidas para atravessar os tempos. Se um terremoto sacudisse o Vale, permaneceriam inabaladas. Como testemunhas dos fatos.

Mercês*

Para Lorena Brito,
companheira de sonhos,
alegrias e perdas.

De fora do estranho
Silente crepúsculo...
Estranha como ele, silente como ele,
Uma mariposa branca esvoaçou

Adelaide Crapsey

Em Mercês, uma das mais belas casas da cidade está à espera dos arquitetos e engenheiros que a transformarão nos escritórios da Meat & Food Co., de Londres, produtora de carne enlatada. Os estancieiros da região viram, por fim, coroadas de êxito as tratativas governamentais para a vinda de uma indústria de renome internacional como a Meat & Food. Já os moradores da cidade ficaram felizes com a oportunidade de novos empregos que, certamente, haverá de acompanhar a instalação da indústria. E especulam sobre o valor que a herdeira, Maria Consuelo, filha única do Dr. Manoel de Cobos Mercês, estipulou para a venda da mansão. Especulam, também, sobre seu destino. Uns dizem que ela reside, atualmente, em Buenos Aires ou Montevidéu. Já outros afirmam que ela teria feito os votos num convento

* Os poemas que aparecem em "Mercês" são traduzidos por Manuel Bandeira *in Estrela da vida inteira*, cap. Poemas traduzidos, Ed. Record, Rio de Janeiro, sd. (N.A.)

de freiras descalças, em Porto Alegre. A maioria, porém, considera muito improvável a segunda possibilidade e se pergunta como tal boato poderia ter surgido. É que Maria Consuelo nunca foi religiosa, pelo que se saiba, e só muito raramente comparecia a alguma cerimônia na igreja.

Na região verde e plana em que se estende parte da linha fronteiriça entre o Brasil e a Argentina, a cidade de Mercês surgiu como entreposto de gado e pouso de contrabandistas, em fins do século XVIII. Ao longo de sua existência, Mercês experimentou períodos de relativo progresso, graças à presença de dois quartéis do exército. A desativação dos mesmos, porém, redundou na estagnação do lugar. E, por volta de 1960, o marasmo adonou-se da cidade.

Entre suas figuras de destaque, impunha-se, então, o juiz da comarca. Descendente de um obscuro coronel De Cobos Mercês, que aqui chegara oriundo de Corrientes, o juiz nunca abandonou seu forçado sotaque castelhano que, de certo modo, até mesmo cultivava. A suposição de que o acento estrangeiro agregava mais dignidade à sua já digna figura levava o Dr. De Cobos Mercês a grafar, em suas sentenças, algumas palavras e mesmo frases inteiras em espanhol. Esses pequenos acréscimos eram pinçados costumeiramente de seus autores prediletos.

Estudante no colégio das irmãs clarissas, a filha pretendia ser professora. Já o pai queria vê-la ao piano, dando concertos pelo Uruguai e – sonho de absoluta glória – no Colón, em Buenos Aires. Para tanto, uma velha mestra, Dona Angústias, foi contratada, e duas vezes por semana a menina recebia lições em casa. As aulas de piano eram um enfado para a criança que, no entanto, as suportava menos para não desagradar ao pai do que pelos voos de imaginação que a figura da professora lhe provocava.

Natural do Uruguai, Angústias era pianista de razoável talento. Porém, seu renome provinha não tanto de algum concerto realizado quanto da difamação de que era vítima – diziam que, quando jovem, ganhara a vida tocando em cabarés, no lado argentino da fronteira.

Para amenizar o tédio das aulas, Consuelo deixava a fantasia vaguear. Imaginava, ou tentava adivinhar, o quanto Dona Angústias deveria ter sido sem graça quando moça; perguntava-se se teria sido amada ou se algum dia tivera marido. Rolavam as fantasias que, à certa altura, se detinham ao fixar a atenção nos dedos nodosos da professora, nas suas unhas aparadas e pintadas de vermelho intenso.

As aulas prosseguiram durante seis anos. A mudança de Dona Angústias para Durazno, no país oriental, pôs um fim às lições, frustrando, desse modo, os planos do juiz. Ademais, a partida da mestra livrou Consuelo da assustadora, ainda que imaginária, ameaça de algum dia ter que de tocar para plateias desconhecidas. Da mestra, porém, ficaram as lições e as reprimendas disciplinares.

Terminado o curso no colégio das irmãs, Consuelo viu-se obrigada a fazer mudanças em seu projeto pessoal. O desejo de tornar-se professora foi, aos poucos, sendo diluído pela realidade já que, a cada ano, o pai lhe exigia mais atenção. De manhã, antes de partir para o foro, Consuelo o fazia tomar o remédio fitoterápico contra a pressão alta; depois, examinava pessoalmente sua navalha de barbear para ver se estava bem amolada; em seguida, verificava se os seus sapatos estavam lustrados e assim por diante. Essas pequenas atenções matutinas eram tão somente o prenúncio das que ainda teria que lhe prodigalizar ao correr do dia.

Consuelo era ainda menina quando sua mãe morreu subitamente. Mais tarde, apenas entrada na adolescência e contra sua vontade, passou a dirigir as complicadas tarefas da casa. As empregadas ficaram satisfeitas, pois em vez da secura do velho tinham agora as ordens firmes, mas nunca ríspidas, da jovem herdeira. E, ao fim do dia, quando se recolhiam ao quarto, Consuelo alcançava-lhes algumas revistas para se distraírem.

Em 1964, já idoso e aposentado, o Dr. De Cobos Mercês, sempre aferrado ao ideário que lhe norteara a vida, dá seu integral apoio ao golpe militar desencadeado contra o governo constituído. Sequioso de colaborar com os militares, forneceu-lhes dados que as forças golpistas há muito já conheciam. Os préstimos do juiz, porém, não chegaram a oferecer informações relevantes. Manoel de Cobos Mercês morreu de pneumonia, no inverno do ano seguinte.

Agora sozinha no casarão, Consuelo trancou alguns quartos à chave, dispensou a mais jovem das serviçais, contratou uma diarista e passou a desfrutar da pequena fortuna que o pai lhe deixara. Saía pouco e, quando se sentia muito só, sentava-se ao piano e tocava uma peça fácil para alegrar a mansão. E, uma vez ao ano, viajava. Partia, nessas viagens, para climas quentes e, assim, livrava-se do incômodo frio dos invernos no pampa.

A solidão e a grande casa em que vivia fizeram-na acolher mulheres que, fugindo à perseguição política, buscavam um quase exílio na fronteira e o conveniente, embora pouco seguro, esconderijo que a cidade podia oferecer. Viúvas de jornalistas dissidentes, militantes de organizações clandestinas com a cabeça a prêmio, professoras que, por uma ou outra razão, eram visadas pelo regime passaram a ocupar os quartos até então vazios. Não que Consuelo se identificasse com qualquer ideologia que contestasse o governo militar e, por isso, desse guarida a quem precisasse viver no anonimato. Na verdade, nem tinha opinião claramente formada. Considerava razoáveis as posições que seu pai sempre defendera e nem tinha por que indagar-se a respeito de ideologias. Por isso, não se sentia em contradição e nem perguntava às hóspedes o motivo que as levava a cruzarem os limites do país. Recebia-as, cobrava um valor módico pela hospedagem e alertava sobre o tempo máximo que poderiam ficar na casa.

Vivia bem com o que herdara, visitava o mausoléu da família uma vez ao ano e levava flores para enfeitá-lo. Imaginava que o pai, estivesse onde estivesse, ficaria feliz ao saber que a filha se preocupava com o sepulcro. Quanto à mãe, contentava-se em orar com a atenção a mover-se por outros assuntos. Não reconhecia em si nenhum afeto mais profundo pela figura materna. Sentia tão só uma vaga saudade e percebia um vazio em sua vida que até aí não conseguira definir nem preencher. Com a mãe convivera pouco e sua prematura ausência fora compensada pela atenção, muitas vezes impaciente, do pai e pela doçura servil com que as empregadas a mimavam.

Em 1968, com o agravamento da perseguição política, novas levas de refugiados buscaram terras estrangeiras. Com as más notícias recebidas, as mulheres hospedadas no casarão despediram-se e rumaram para fora do país. Os quartos ficaram vazios por algum tempo. Um deles, porém, o mais agradável, aquele que tinha o jardim como paisagem vista da janela, foi ocupado por Amanda, fugitiva sem culpa que vinha da capital.

A interdição de faculdades e a cassação de professores precipitaram também a suspensão das atividades do Curso de Artes Cênicas. Pelo que se soube, à época, o ato proibitório sugeria que atores e encenadores, mesmo ainda em formação, poderiam revelar-se como ameaça à segurança nacional. Amanda viu-se, pois, da noite para o dia sem aulas, sem colegas e, o mais angustiante, longe de Urânia, atriz e diretora de teatro detida pelas forças da repressão.

Decidida a ver, pelo menos, a amiga, pôs-se a percorrer os distritos policiais. Conseguiu por fim descobrir onde Urânia se encontrava. E, pela simpatia e generosidade de um jovem delegado, pôde entrevistar-se com a prisioneira. Durante a conversação, que não durou mais de vinte minutos, Urânia a aconselhou a sair da cidade. Informou-lhe onde estava o dinheiro que juntara para caso de necessidade urgente e mandou que Amanda o apanhasse. Uma vez livre, tentaria encontrá-la, desde que Amanda mantivesse contato com certo cenógrafo, amigo de ambas. Através dele, poderiam se comunicar.

Numa tarde quente, quando o verão já agonizava em seu final, Amanda desceu em Mercês. Ainda na estação, alguém a informou sobre a possibilidade de hospedar-se temporariamente no solar dos Mercês, uma vez que o único hotel da cidade era antigo e pouco recomendável. Ao chegar ao endereço, Consuelo a tranquilizou ao confirmar que havia quartos vazios e, pegando uma das maletas, a convidou a subir.

À noite, Consuelo lia na sala de estar quando Amanda veio de seus aposentos. Usava um vestido leve de estamparia primaveril. Consuelo observa:

– Se quiseres ler, na estante encontras poesia e romances.

Amanda vai para os livros e examina os títulos. Consuelo a vê deslocar-se pela sala e detém o olhar nas espáduas que o vestido revela. Naquele instante, do fundo da memória, emerge o rosto de contornos já incertos de uma convidada, num festivo jantar de uma Páscoa distante.

– Achei esta antologia – diz Amanda, interrompendo o devaneio da hospedeira. E, mostrando a capa do livro, continua: – O tradutor é um dos meus poetas preferidos.

– Também gosto dele.

As duas mulheres conversaram até tarde. Tomaram vinho e falaram de suas vidas. Ao ser perguntada se estava satisfeita com as acomodações e se ainda precisava de algo, Amanda respondeu que tudo estava bem e que se sentia feliz com a paisagem que vislumbrava de seu quarto. Estava apenas um tanto cansada da viagem. Consuelo se desculpa por tê-la retido por tanto tempo. Amanda deixa a sala, e a dona da casa a segue com o olhar até vê-la sumir na penumbra do corredor.

Ao voltar dos correios, certa manhã, Amanda encontra Consuelo no jardim. Passeiam, então, por entre os canteiros e velhas árvores. Consuelo conta como havia enfrentado, ainda criança, um moleque de sua idade que a chamara de "filhinha de papai". Sentira-se ofendida, chorara e, no calor da briga, arrancara-lhe um chumaço de cabelos. Amanda ri e comenta:

– Urânia também tem histórias assim.

Consuelo se inclina sobre um canteiro e, enquanto colhe alguns crisântemos, indaga um tanto alheia:

– Urânia?

– Sim, Urânia. Lembras?

– Claro. É tua amiga, a atriz que está presa – em seguida, entrega-lhe as flores. – Mais três ou quatro semanas e termina a floração.

E Amanda:

– Crisântemos me lembram a infância. Minha mãe também os cultivava.

A comemoração alegre da Páscoa, regada a bons vinhos, era tradição na casa do juiz. Fora inventada por sua esposa, católica um tanto heterodoxa. A festa consistia em um jantar, oferecido à noite do sábado de aleluia. A ceia, de muitos talheres, era servida na porcelana Rosenthal, herdada dos avós maternos de Consuelo.

Mesmo depois de viúvo, o juiz seguira o costume e convidava dois ou três casais amigos para sua impecável e farta mesa. Certa vez, num desses jantares, ao tinir da prataria e da porcelana, a menina Consuelo aborrecia-se em silêncio. Os convidados eram simpáticos para com ela. Consuelo, porém, mal os ouvia. Passeava o distraído olhar pelo rosto dos convivas, mas demorava-o um pouco mais no jovem promotor e sua esposa.

Impaciente, esperou a sobremesa, já que, depois de servidos os pudins e as compotas e oferecido o pequeno concerto com duas ou três peças pouco complicadas, ela podia se retirar.

Ao deixar o piano, agradeceu os aplausos, deu boa noite e subiu para o quarto. Deitada no escuro, ficou a olhar a noite pela vidraça cerrada. E enquanto aguardava a passagem da lua fantasiou ao tentar recompor, na memória, o rosto da esposa do promotor. Queria para si aquele olhar de olhos escuros, aquele cabelo apanhado em bucles caprichosos em torno da bela cabeça. E também queria a face suavemente angulosa da moça. Como gostaria de tocá-la! Sabia porém que, se algum dia a colocassem na cadeira ao lado da bela senhora, baixaria o rosto sobre o prato e não ousaria erguer o olhar. Imaginava-se a deixar apressadamente a mesa, recolhendo-se ao quarto. A esposa do promotor, condoendo-se de sua timidez, a seguiria. Abriria a porta, viria para sua cama, sentaria e passaria a afagar-lhe o rosto. Aqui, Consuelo cerrou os olhos para melhor se concentrar. Buscava reter as feições da moça. Não conseguia, porém. Quanto mais procurava evocar-lhe o rosto, tanto mais os traços se esfumavam. Percebeu-se, então, mais sozinha. Lágrimas vieram-lhe aos olhos e voltou o rosto contra o travesseiro para abafar qualquer soluço que pudesse ser ouvido lá embaixo. Naquela noite, adormeceu assim.

Com a aproximação da semana santa, ficou mais intensa a movimentação na casa. A diarista, sob o comando de Consuelo, faz uma limpeza mais minuciosa nas salas e nos corredores; tapetes são batidos no pátio e a prataria é polida. Amanda escolhe, entre tantas toalhas de mesa, uma de linho bordada de rosas e campânulas.

Do aparador retiram, com cuidado, a louça Rosenthal. A preciosa porcelana é posta sobre a mesa da cozinha, e as duas mulheres limpam com álcool a sopeira, os pratos e as travessas. Ao final, Consuelo pede:

– Amanda, desce ao porão e traz algumas garrafas de vinho tinto? Pega um cesto na despensa.

Pouco depois, Amanda retorna sem o vinho. Quebrara uma garrafa e levara um corte na palma da mão esquerda. Mostra o ferimento e explica o acidente. Consuelo toma-lhe a mão ferida, examina-a por um instante e então a leva aos lábios. Beija o corte e diz:

– Vem. Vamos cuidar disso.

Embora se estivesse ainda no outono, o frio já dava os primeiros sinais e prenunciava um inverno mais rigoroso naquele ano. Os serviços argentinos de previsão do tempo anunciavam chuva e ventos gélidos para os próximos dias. Consuelo, ao ouvir a notícia, manda a empregada trazer lenha do depósito.

À noite, Amanda mostra a mão que havia machucado dias atrás. Ao retirar a gaze, antes do banho, notara que a pele estava novamente intacta. Tão só uma pálida e quase invisível cicatriz restara a marcar-lhe a palma. Consuelo alegra-se:

– Temos de comemorar. Vou abrir um vinho para nós.

Na sala de estar, o calor da lareira acesa convida ao silêncio. Junto ao fogo, Consuelo tricota uma echarpe. Amanda lê poemas. A certa altura, Consuelo descansa o tricô e atiça o fogo. Deita-lhe alguma lenha e, ao sentar-se novamente, pede:

– Lê alguma coisa para mim?

– O que queres ouvir?

– Algo daquela americana que me revelaste um dia desses.

Amanda leva algum tempo para encontrar os versos. Finalmente, lê:

– Agora mesmo,
De fora do estranho
Silente crepúsculo... estranha como ele, silente como ele,
Uma mariposa branca esvoaçou. Por que fiquei
Tão fria?

Consuelo, depois de um silêncio, comenta:

– Belo. Mas inquietante. – E segue: – Lê alguma coisa mais alegre ou que não tenha, pelo menos, toda essa carga de prenúncios.

Amanda procura na antologia e volta a ler:

– Rosa, ó pura contradição, volúpia
De ser o sono de ninguém sob tantas
Pálpebras.

– Quem é o autor? – Consuelo pergunta.

– Rilke.

– Já li alguma coisa dele. É um poeta difícil – retoma o tricô e, depois de um tempo, convida: – Vem, vamos ver se está bom o comprimento.

Amanda se aproxima. Consuelo passa a echarpe pela nuca da amiga e deixa cair as pontas, que, cobrindo-lhe os seios, chegam até a cintura. Conclui:

– Acho que está bom.

Amanda alisa a echarpe e, nesse movimento, toca a mão de Consuelo. Há um momento de indecisão em que Consuelo procura o olhar da amiga. Não o encontra. Amanda tem as pálpebras cerradas. Os dedos de ambas, no entanto, se entrelaçam. Agora, Amanda como que desperta. Consuelo deixa cair a echarpe no cesto das lãs. As duas mulheres sentam-se e ficam aconchegadas, no sofá, a ver o fogo.

O sábado de aleluia amanheceu chuvoso e frio. Mesmo assim, Amanda desce ao pátio em busca dos derradeiros crisântemos da estação. Quer as flores para a sala de jantar e o saguão. Ao retornar, traz uma braçada de crisântemos molhados de chuva. Consuelo já fez fogo na lareira e, referindo-se às flores, observa:

– Estavam fazendo falta. A sala vai ficar com um jeito mais alegre.

E Amanda:

– Mais bonita, também – e adverte: – As formigas andaram devastando as roseiras. Acho que o jardim está reclamando mais atenção.

– Sim, meu anjo. Vou providenciar.

As amigas ainda estão à mesa quando ouvem um automóvel estacionar junto ao portão. Em seguida, soa o sino. Os cães latem. Consuelo vai à janela e procura ver quem é, mas a chuva e a noite dificultam-lhe a visão. Pede à empregada que vá saber o que querem a essa hora. Pouco depois, a mulher retorna acompanhada de uma desconhecida. Amanda vai para a recém-chegada:

– Urânia!

Depois do abraço e do beijo de boas-vindas, Amanda recua e, sorrindo, comenta:

– Como estás bonita.

E Urânia:

– Queres dizer que a cadeia me fez bem? Tens uma certa razão, não posso me queixar. Houve alguns interrogatórios longos e impertinentes, mas pelo menos não fui torturada. – E acrescentou, mentindo: – Aliás, não tinha nada a lhes revelar.

Consuelo interfere:

– O pior já passou, certamente, e estás numa casa amiga. Vem, vou te servir alguma coisa para te aqueceres.

Urânia desveste a capa de chuva e vai para a mesa. A empregada traz primeiramente a sopa e o pão. Urânia come em silêncio.

Desde a chegada de Urânia, e isso já faz mais de semana, Consuelo se surpreende a evocar, em certos momentos, o poema que ouvira há dias:

> de fora do estranho, silente crepúsculo, estranha como ele, silente como ele,

Algo estava ocorrendo no solar. Era como se um portentoso crepúsculo houvesse envolvido, em sua luz dúplice, as pessoas e os objetos. Consuelo caminhava sobre os tapetes, deslocava-se pelos cômodos da casa, deslizava por entre os móveis como se as coisas agora fossem outras, como se tivessem perdido o interesse e não lhe dissessem respeito. As duas hóspedes adquiriam perfis cambiantes, novos rostos. E Amanda já era outra. Consuelo também percebeu, em si, algo que jamais experimentara – um desassossego constante e perturbador. Seus dias tampouco eram os mesmos, e seu sono andava leve e descontínuo. Custava a adormecer e despertava, sem motivo, várias vezes durante a noite. Apenas Urânia seguia sendo a mesma. Segura e impositiva, exercia com eficiência seu poder dominador. Assim, Consuelo dificilmente conseguia conversar a sós com Amanda. Sempre que a ocasião era propícia, Urânia surgia da penumbra ou do nada e interferia na conversação.

Numa tarde de luminosidade oblíqua e fria, acompanhada de Urânia, Amanda comunicou que a amiga havia preparado alguns monólogos e poemas a serem apresentados para a dona da casa. A ideia fora da atriz. E argumentou:

– Ela sente saudades do palco e tu, tenho certeza, vais gostar da representação.

Antes que Consuelo pudesse responder, Urânia passou a relatar que estava ensaiando textos e poemas de diferentes autores quando foi presa. Que, no projeto, constavam excertos de Schiller, alguns fragmentos sobreviventes de Safo e escritos de Santa Teresa d'Ávila. Os textos escolhidos falavam do amor e das armadilhas da paixão. Quem, à época, dirigira os ensaios fora um colega seu, professor do curso de teatro. Em meio aos ensaios, porém, levaram-no para depor numa delegacia. Os motivos da intimação não foram dados. Com voz sumida e, agora, levemente trêmula, acrescentou, finalizando:

– Não tive mais notícias suas.

Fez-se silêncio por alguns instantes, mas Consuelo não se deixou comover pelo súbito tremor na voz de Urânia. Leu, porém, a expectativa no olhar de Amanda. Esforçou-se por sorrir e tranquilizou a ambas:

– É claro que podem fazer a representação. Vou estar na plateia para aplaudir.

– Pensei em usar a sala onde se acha o piano. Mudamos alguns móveis de lugar e direcionamos a luz para o espaço onde direi os textos. Não te incomoda minha intromissão? – pergunta Urânia, já refeita da tristeza que, sem querer, deixara se mostrar ainda há pouco.

Consuelo não responde à pergunta e oferece:

– Não precisam de alguma roupa extravagante? No sótão, há velhos vestidos de minha mãe; há também umas cortinas de veludo. Tudo aquilo deve estar cheirando a naftalina. Se não se importam, escolham o que for de alguma utilidade.

Qual criança que não consegue conter o entusiasmo, Amanda abraça a dona da casa e a beija:

– Obrigada, Consuelo. Obrigada – e, virando-se para a companheira –, vem, vamos subir.

Toma a mão de Urânia e somem no corredor. Consuelo, atenta, percebe que sobem a escada do sótão. Enciumada, constata que não a convidaram para acompanhá-las. E conclui que ela, Consuelo, parece estar se transformando numa sombra dentro da casa. Daí por diante, contra a vontade, fica deliberadamente à escuta. Mas não consegue identificar os confusos e abafados ruídos que lhe chegam do alto. Procura se acalmar. Pensa: "Estão separando os vestidos para a encenação. Sim, é isso que ocorre lá em cima. Há muita roupa antiga nas arcas!".

E imagina Amanda a estender no chão os vestidos há tanto tempo guardados, a consultar Urânia sobre este ou aquele pano, a perguntar sobre as cortinas que serão aproveitadas. Ainda assim, se inquieta. Sente um mal-estar difuso e, no peito, um peso a oprimi-la; abandona a sala e desce, impaciente, ao jardim; passeia por entre os canteiros sem ver os crisântemos já queimados pelos primeiros frios, sem dar-se conta das roseiras despidas de folhas pelo trabalho paciente das formigas; retorna à sala de estar, tenta ler, desiste e vai para onde está o piano. Senta e procura tocar.

A partir daquela tarde, Consuelo raras vezes conviveu por algumas horas com as duas hóspedes. As três mulheres viam-se tão somente na hora das refeições. E, recém-terminadas essas, Urânia apressava-se em deixar a mesa. Ela e Amanda fechavam-se então na sala do piano, onde ocorriam os ensaios. Justificavam-se dizendo que a apresentação seria realizada nos próximos dias e precisavam de todo o tempo possível para ensaiar.

Passada uma semana, Consuelo é convidada a comparecer ao recital. Na semiobscuridade da sala, revê as velhas cortinas de veludo suspensas para esconder a reverberação das paredes claras. Reconhece também alguns vestidos de sua mãe deixados, com teatral negligência, sobre as cadeiras esparsas pelo espaço cênico.

Na plateia, um lugar apenas. Pouco antes de iniciar-se a representação, Amanda sai dos bastidores improvisados e vai para junto de Consuelo. Tomando-lhe a mão, beija a amiga na face. Segreda:

– Não tens ideia de como nos ajudas. Urânia anda deprimida com o desaparecimento de seu colega. Estar em cena lhe fará muito bem.

O carinho e as palavras afetuosas levam Consuelo, de início, a se iludir. Diz a si mesma que tudo está voltando a ser como já havia sido. Como fora antes de Urânia aparecer. Perde-se na busca de evidências que reforcem sua convicção. Parece-lhe ter descoberto uma nova luz no olhar de Amanda, um calor mais intenso na mão que a afaga, no beijo dado amorosamente. O devaneio é interrompido por batidas no assoalho a anunciarem o início da representação. Amanda apressa-se para a cena e, feliz, anuncia o programa da noite. Em seguida, desaparece nos bastidores. As luzes da plateia se apagam, e o escuro engolfa agora todo o recinto. Depois, lentamente, a claridade retorna e define o espaço cênico. Urânia, então, emerge das trevas. Passam-se alguns segundos em que a atriz avalia a cena com seus objetos e os reconhece. Rompe o silêncio, afinal, e diz um fragmento de Safo:

> – Há um murmúrio de águas frescas através dos ramos das macieiras, as rosas ensombram todo o solo, e das folhas trêmulas escorre o sonho.

Seguem-se os textos do programa. Alguns Urânia lê, outros ela diz de memória e, transcorrida uma hora, morrem algumas luzes do palco. Ouvem-se aplausos vindos dos bastidores e da plateia. Urânia agradece. Amanda, embevecida, vem abraçá-la. Consuelo, ainda na penumbra, constata o fascínio que Urânia exerce sobre sua amiga. Chega, então, à certeza de que, mais cedo do que poderia supor, estará novamente só.

Naquela noite, Consuelo não dormiu. Em sua insônia soube que a ameaça, que há tempos pairava na atmosfera da casa, finalmente descera e se fechava em torno dela. A encenação tinha deixado à mostra, em detalhes cruéis e eloquentes, toda a força da ligação entre Amanda e Urânia: a alegre sujeição com que Amanda servia ao império de Urânia no palco; a segurança desta quando, ao longo de determinados textos, encarava Consuelo; o conteúdo de alguns poemas claramente direcionados a Amanda. Tudo apontava para uma verdade a ser, finalmente, aceita. Por fim, Consuelo admirou-se por ter-se permitido entrar num combate em que forças tão desproporcionais se enfrentavam.

Já de manhã, ainda atordoada, Consuelo desce para o café. Tinha que falar com Urânia. Ao aproximar-se da cozinha, ainda no corredor e, por isso, fora do campo de visão das hóspedes, ouve murmúrios à mesa. Em seguida, risos. Dá volta para o interior da casa. Esse não era o momento de falar sobre a perda que logo sofreria. Amanda e Urânia estavam felizes e, portanto, com larga vantagem sobre ela. Teria que tocar no assunto em outro momento.

Mais tarde, na sala de estar, Amanda percebe que Consuelo fala pouco e esquiva-se de participar da conversação. A uma troca de olhares, Urânia compreende que deve se retirar. Quando ficam a sós, Amanda pergunta o que está acontecendo, qual a razão do silêncio.

– Não devias perguntar, sabes melhor do que eu – responde Consuelo.

Segue-se então um penoso diálogo. As duas mulheres expõem, cada qual, sua perplexidade. Consuelo quer encerrar o assunto:

– Sei que seguirás com Urânia, quando ela partir. E talvez estejas fazendo a escolha correta.

E Amanda:

– Como podes estar tão certa, se eu mesma não estou? Temos nos falado tão pouco e, quando conversamos, evitas tocar no que nos diz respeito. Tenho procurado falar-te, mas não consigo dizer o que tenho sentido.

– Melhor não dizer. Tua alegria te desmentirá. A felicidade que vives, desde a chegada de Urânia, fala por ti. Teu corpo, teu rosto, teu andar, o menor de teus gestos, tudo está marcado por uma alegria luminosa, brilhante. Uma alegria que me agride e me fere.

Sentada ao lado de Consuelo, Amanda chora e deita a cabeça no ombro da amiga. Esta, ao procurar tranquilizá-la, dá-se conta da impossibilidade do gesto. Sequer tem forças para afagar-lhe o rosto. Suas mãos têm agora um peso que antes desconhecia.

Nos dias que se seguiram, Amanda dormiu sozinha, ao fundo do corredor. E Consuelo não conseguiu falar com Urânia que, alerta e sempre acompanhada de Amanda, tornava impossível a abordagem. Agia como se nada percebesse. Como se a silenciosa tormenta dentro da casa fosse autônoma e se armasse sem sua participação.

A ternura de Consuelo por Amanda, no entanto, continuava a mesma. Com a diferença de que agora desejava que as hóspedes partissem o quanto antes. Certa noite, recostada no sofá junto à lareira, surpreendeu-se com a entrada de Urânia. Instantaneamente, lembrou Angústias a lhe chamar a atenção: "solo la cabeça de la pianista se move; su torso permanece erecto como si fuera mármol; si hay que debruçar-se sobre el teclado, que la coluna no se encurve...". Endireitou-se no sofá, o tórax reto.

– Quero falar contigo – começou Urânia.

Consuelo não a convidou a sentar. Em vez disso, virou-se para o fogo e, tomando o atiçador, remexeu as brasas.

Urânia continua:

– Sei que sofres. Compreendo tua dor.

Prevendo uma longa fala, Consuelo se esforça por deixar vagar a mente. Lembrou um romance policial que lera, ainda adolescente. Nele, uma mulher matava o marido golpeando-o na nuca com um atiçador. O homem caía, os golpes se sucediam, e a mulher só parava de agredi-lo quando o sangue empapava o tapete, fazendo desaparecer os intrincados arabescos de seu desenho. Queria lembrar o nome do escritor. Também esquecera o título da obra. Enquanto desce ao fundo da memória na inútil tentativa de recuperar os nomes ouve, distantes, as palavras finais de Urânia:

– ...e, amanhã, cruzamos a fronteira.

Consuelo levanta:

– Era isso que tinhas a dizer?

Urânia recua ante a inesperada e seca reação. Consuelo finaliza:

– Se era isso, já o disseste. Cumpriste, à risca, o que pede o mais reles manual de boas maneiras. De minha parte, nada tenho a dizer. Adeus.

No dia seguinte, ao final da manhã, um carro de praça encostou frente à casa, e as hóspedes embarcaram. Amanda ainda olhou na direção da janela da sala de estar. Consuelo, protegida pela imagem de árvores e nuvens refletida na vidraça, constatou que ela trazia ao colo a echarpe que lhe dera. Quando o carro partiu, cerrou a cortina e deixou-se cair num sofá. A cozinheira veio saber se já podia pôr a mesa. Consuelo não a ouviu. A pergunta foi feita uma segunda vez. Consuelo aprumou-se e pediu o almoço para um pouco mais tarde. Tinha que fazer um telefonema. Depois de assegurar-se de que a empregada voltara à cozinha, foi ao aparelho. Pensou: "Vou denunciar Urânia. Direi que foge, que vai cruzar a fronteira".

Faz a ligação para a polícia. Pouco depois, ouve:

– Delegacia de Mercês, às suas ordens.

Consuelo, após um instante confuso, pergunta:

– Como foi que disse?

A voz do outro lado soa mais alto, deixando passar uma ponta de indisfarçada irritação. Consuelo recua:

– Desculpe. Chamei o número errado – e desligou sem ouvir o corriqueiro "não tem por quê".

Encostou-se à parede e ficou ali, como que fulminada. Depois, foi para a sala onde estava o piano. Procurou algo entre as partituras. Finalmente, achou uma composição singela, de autor anônimo. Ao piano, levou algum tempo imóvel. Então, passou a tocar. A empregada surgiu à porta para saber se já podia servir. Mas não perguntou nada. Ficou por ali, quieta e deliciada, a ouvir. Depois, retornou silenciosa como viera. Ficaria na cozinha à espera das ordens de Dona Consuelo.

Aljofres*

Árido é o litoral no extremo sul do país. Nesse deserto de sal e areia, mesmo no auge do verão o mar é gélido, raivoso e enganador. Correntes, vindas do polo, trazem águas traiçoeiras e ventos que, zunindo como se partissem dos pulmões de satã, fustigam os veranistas incautos. A violência das marés e a paisagem feita de dunas e arbustos torturados pela ventania compõem um quadro de cores austeras e monótonas.

Na primavera, porém, a aspereza da paisagem é atenuada pela irrupção de uma súbita beleza. As desérticas areias se recobrem de margaridas amarelas e ipomeias lilases. A vegetação teimosa se enraíza no solo qual náufrago que se agarra a um resto do barco destroçado. É também nos meses de setembro a dezembro que a água se tinge de azul, como se o mundo tivesse sofrido uma inversão e um céu sem nuvens ocupasse o espaço do mar.

Aljofres, balneário pouco atraente para os turistas, não tem muitas opções de lazer. E, nos meses de outono e inverno, torna-se espectral. Por essa época, as casas de veraneio estão cerradas, as poucas lojas têm raros clientes e a erva rasteira toma conta das ruas.

---

* Os poemas de Emily Dickinson que aparecem em "Aljofres" são traduzidos pelo autor.

Umberto, tradutor de Andréas Gryphius, de Marlowe e de Pinter, sempre que premido por seu editor busca refúgio na casa herdada dos pais. Construída quando era ainda menino, a casa, com seus amplos quartos, deixou de ser ocupada pela família há anos. Como nenhum dos irmãos mostrasse interesse em preservá-la e ninguém tampouco tivesse coragem de propor sua venda, Umberto tomou a si a tarefa de conservá-la. Mandou fazer algumas melhorias e pagou os impostos atrasados. Hécate, nome por ele dado à casa (já que nunca gostara do nome anterior escolhido pelo pai – *Rancho dos sete irmãos*), transformou-se numa espécie de *bunker* sempre que precisava afastar-se do mundo ou dele se proteger.

Amado por muitas mulheres, Umberto nunca amou ninguém. Defendera-se a vida inteira ao contornar os ardis amorosos que lhe preparavam. Desse modo, qual um Don Juan às avessas, o amor e suas perversidades nunca o alcançaram. Preferira a amizade de seus cães. No entanto, ao mudar de endereço tivera que abrir mão de seus amados animais, doando-os a um casal amigo. Mas um cachorro fiel e bom guarda era do que precisava na casa da praia.

Também já se questionara muitas vezes sobre o possível engano cometido ao negligenciar a formação de uma família. A dúvida lhe vinha durante as insônias que o atormentavam de tempos em tempos. Como há muito abandonara as diazepinas, passou a fazer uso dos soníferos leves oferecidos pela natureza. Com tília ou erva cidreira, aliviava pelo sono a ocasional e ligeira culpa por ter permanecido só. E, na manhã seguinte, acordava refeito e desculpado.

Ele viera em busca da tranquilidade necessária para revisar a tradução de cerca de noventa poemas da americana

Emily Dickinson. Deveria ainda redigir o prefácio, verter mais uns poucos poemas e, só então, fechar a coletânea.

Ao chegar avistou, ainda de longe, o caseiro à sua espera. Apenas estacionou e logo Rubens veio cumprimentá-lo e dar-lhe as boas-vindas:

– Tomara que desta vez o senhor fique por mais tempo. Mariana vive dizendo que o senhor não aproveita a casa que tem.

– Tua mulher tem razão – diz Umberto.

E o caseiro, no desejo de agradar o proprietário e, ao mesmo tempo, obter sua indulgência, acrescenta:

– Não fosse eu trazer de vez em quando as crianças, só os sabiás se regalavam com os araçás.

No jardim, o dono da casa notou que as casuarinas haviam sido podadas conforme ordenara e que, embora o tivesse avisado de sua vinda, Rubens não havia aparado a grama. Indagado, o caseiro se desculpa:

– Tenho que consertar o cortador. A maquininha enguiçou.

Já escurecia quando Rubens se despediu. Voltaria na manhã seguinte para levar o cortador ao conserto. Umberto aproveita o momento e sugere que o caseiro providencie trancas, mesmo que de madeira, para as portas. E justifica:

– Nesta época do ano, tendo apenas casas vazias à volta, fica-se muito inseguro.

– Pouca coisa acontece por aqui, o senhor sabe.

– Mesmo assim.

Pediu ainda que Rubens deixasse o carro na garagem e conseguisse mais lenha para a lareira.

Regulada a ducha na temperatura máxima, Umberto tomou um longo banho. Queria dormir cedo nessa noite. Dickinson e seus poemas seriam retomados na manhã seguinte.

Mas não foi o que aconteceu. Já era tarde, e ele continuava frente à máquina de escrever. Lembrou-se que há dias não fumava. Procura e acha um maço amarfanhado na mochila de livros. Há anos abandonara o vício, mas eventualmente precisava sentir o sabor acre do tabaco. E, enquanto brincava de fumar, rememorou sua descoberta da poesia de Dickinson. Proximamente, organizaria a memória e falaria de seu perene deslumbramento ante a obra da poeta. Ligou o gravador e discorreu:

> Não lembro exatamente quando tudo começou. Sei, no entanto, que foi há muito tempo. Eu ainda era aluno na Universidade. Seguramente, foi durante as aulas de literatura. Na biblioteca central, encontrei seus Collected Poems, numa edição em capa dura, forrada de tecido azul. Lida a coletânea, quis saber mais sobre Emily Dickinson que, num inglês arrevesado, falava em seus poemas de coisas sem muita importância.
>
> Mas a poeta escrevia, também, sobre amores não correspondidos, sobre a morte como inexorável limite, sobre Deus e sua vontade incompreensível, sobre fantasmas e crepúsculos; sobre oceanos, luas, nuvens e tempestades.

Umberto teve insônia naquela noite, inaugurando, desse modo incômodo, sua nova temporada na Hécate. A tensão da viagem o mantinha agora desperto e alerta aos ruídos da noite. A certa altura, inquieto e impaciente por um sono que não vinha, saltou da cama. Precisava verificar portas e janelas. Depois, foi à cozinha e preparou um chá calmante. Já no quarto, tomou a bebida e apagou a luz.

Quase adormecia quando lhe pareceu ouvir, em meio ao zunir do vento, alguém que o chamava ao longe. Procurou ficar atento e então percebeu confusamente uma voz feminina. Pensou em ver o que ocorria, mas a sonolência o reteve. Aquietou-se sob as cobertas e rememorou o primeiro poema que traduzira:

A água faz muitos leitos
Para os avessos ao sono –
Sua espantosa alcova é aberta –
Suas cortinas, de leve, balançam –
Temível é todo o resto
Nos ondulantes quartos,

Não chegou a lembrar o poema por inteiro. Aconchegou-se melhor e deslizou suavemente para dentro do sono.

Fazia uma semana que Umberto voltara a Aljofres e ainda não vira o mar. Contentara-se em apanhar um pouco de sol no jardim e, embora o calendário informasse que o inverno estava por terminar, não fosse Rubens ter trazido mais lenha, Hécate seria agora uma casa mais fria.

O caseiro sempre fora, desde que passara a desempenhar a função, uma espécie de factótum. Além de cuidar do jardim e de limpá-lo de inços e rosetas, podava as poucas frutíferas do pátio dos fundos, fazia pequenos reparos na casa e ainda (do que mais se orgulhava) assumia o papel de confidente do proprietário. Esse, porém, era cauteloso e não deixava flancos a descoberto sempre que a conversação enveredava por temas muito pessoais.

Rubens dava sua opinião sobre quase tudo, e quase sempre seu parecer era correto e pleno de bom senso. Dizia também, sem censura, o que pensava sobre um certo descaso de Umberto em relação à saúde e, eventualmente, dava sugestões sobre a vida do patrão. Esse não se opunha e até mesmo o incentivava nessa espécie de controle que o caseiro pensava exercer. O que ocorria, na verdade, era que o tradutor se sentia mais seguro e menos só com a presença de Rubens. O simples fato de o homem morar na mesma rua o deixava mais confiante. E, não tendo família, ele fantasiava a respeito do caseiro e sua mulher, mais as duas pequenas filhas do casal. Via-os como se fossem, de algum modo, parentes seus.

Umberto atiçou o fogo e sentou junto à lareira, tendo nas mãos uma edição recente da obra completa de Dickinson. Rememorou o poema nº 320, que inicia com o verso *There's a certain slant of light.*

Já o sabia de cor de tanto relê-lo na busca da tradução adequada. Para ele, a versão satisfatória era a que não permanecia aderida ao original nem tampouco dele se distanciava demais. Ao optar por uma fidelidade permissiva, o tradutor se perguntava o que a poeta pretendia dizer quando, referindo-se à luz oblíqua do inverno, afirma que *None can teach it any.*

A tradução tropeçara nessa linha e acabara por estacionar aí. Esgotadas as possibilidades de versão, o tradutor procurava intuir seu significado. Mas, ante a dificuldade, decidiu abandonar o poema temporariamente. Retomou a revisão de outro, cujo ritmo considerava problemático. Recontava as sílabas de modo que os versos se ajustassem à extensão da redondilha. Estava marcando o ritmo na capa dura do livro quando pressentiu Rubens parado à porta:

– Não estou atrapalhando? – o caseiro pergunta.

– De maneira nenhuma. Queria mesmo dar uma parada.

O homem senta e, brincando com o boné entre as mãos, pergunta:

– O que é que o senhor estava batucando aí, se é que pode me contar?

– Contando as sílabas. Quero a rima na sétima.

Pouco atento à explicação, o caseiro leva a conversa em outra direção. Invocando o testemunho de Mariana, observa que o patrão parece mais pálido do que quando chegou, que está na hora de apanhar um pouco de sol e respirar o límpido ar da praia. Umberto procura não demonstrar, mas fica satisfeito com a preocupação do casal.

– O senhor também pode galopar pro lado da serra. O campo é muito bonito pr'aqueles lados – Rubens informa. E completa: – Lhe empresto meu cavalo.

Umberto ri:

– E quem disse que eu sei montar?

– Sei que o senhor não sabe, mas sempre pode aprender. Eu lhe ensino.

O tradutor ri outra vez:

– Acho que o melhor é ir de carro.

– O senhor é que manda. E quer um conselho? Se for até o mar, vá no início da tarde. No final do dia, vai baixar uma cerração violenta.

O sol já estava baixo quando o tradutor finalmente tomou o rumo da praia. Evitou a rua e seguiu por uma trilha de areia que cruzava alguns terrenos baldios. Enquanto avançava, rememorou versos e fragmentos de Dickinson, em que a água é referida ou é o tema central. Perdido em devaneios, viu-se pisando a areia úmida à beira d'água. Ocorreu-lhe, então, que

> tardará muito a nascer, se é que algum dia nascerá, um poeta que não fale do mar. Todos os poetas, homens ou mulheres, são obsedados por essa imensidão líquida. Mesmo aqueles que nunca viram o mar.
> Os poetas têm profunda afinidade com as águas. Como se carregassem um mar dentro de si. Dickinson foi mais longe. Ou mais doida. Num de seus poemas, a voz afirma que nunca esteve junto ao mar, nem jamais viu um campo de urzes. Mas a poeta trazia, certamente, as urzes dentro de si e, no coração, um mar a se revolver.

Umberto interrompeu suas reflexões quando percebeu que a linha do horizonte se esfumava numa pálida unidade de céu e mar. Era a neblina de que Rubens o alertara.

Rapidamente a bruma avançou praia adentro e encobriu a luz do entardecer. Ao voltar-se para tomar o caminho de casa, Umberto se surpreendeu ao descobrir não estar sozinho. Entreviu, um tanto apagada e com os contornos incertos, a figura de uma mulher vestida de branco. Embora não conseguisse ver claramente seu rosto, sabia que ela o olhava. Hesitou por instantes, depois deu alguns passos em sua direção. Mas a mulher já partira. Desaparecera, tragada pela neblina. Na areia, porém, deixara impressa a marca de seus pés descalços.

Dias depois, o tradutor acordou pela manhã com o ruído do cortador de grama. Dormira tarde na noite anterior, embalado por um tinto encorpado. Depois de tomar um banho e fazer a barba, convidou o caseiro a fazer uma pausa.

– Ontem, o senhor foi dormir tarde, não foi? E tinha visitas – Rubens insinua.

– Verdade. Fiquei trabalhando na boa companhia de um vinho.

– Quando passei por aqui, ouvi o senhor falando com alguém. Quase entrei. Mas podia o senhor não gostar.

Umberto explica:

– Era eu falando sozinho.

O caseiro brinca:

– Dizem que quem fala sozinho fala com o diabo.

O tradutor ri:

– Pois dizem mesmo. Mas eu, quando trabalho com versos, fico dizendo a tradução em voz alta. Para revisar as rimas, a fluência...

Rubens diz apenas um "ah", como quem não crê no que lhe contam.

Enquanto serve um café, o tradutor pergunta se há, por acaso, novos moradores nas redondezas. Rubens informa-lhe que não. Há os poucos de sempre. Gente mais velha, que trocou o lugar de origem pela vida pacata do balneário. E, curioso, quer saber o motivo da pergunta. O tradutor conta-lhe, então, sobre a desconhecida à beira-mar. Não teria sido Mariana? Não, naquela tarde sua mulher estivera fora, o caseiro informa. Mas tinha que ser alguém das proximidades, insiste Umberto. Porque, afinal de contas, as pessoas não brotam do chão nem se desfazem no ar. E refere os poucos detalhes que guardara: o longo vestido branco e a ausência de sapatos. Rubens franze a testa em dúvida e promete investigar.

Ao meio da tarde, Umberto estava novamente na praia. Conseguira liberar-se da tradução de *There's a certain slant of light*, que retomara há dias. Solucionara, finalmente, o problema do verso *None can teach it any.*

Uma brisa cálida soprava do oceano, e o céu limpo não prenunciava neblina. Constatou, sem entusiasmo, que o inverno parecia estar de fato terminando, e os primeiros calores logo se fariam sentir. Jamais gostara das facilidades e da leviana intimidade que o verão oferecia a seus adoradores. Não tinha predileção especial pelo frio, mas considerava o verão uma época avessa à leitura e ao recolhimento que, segundo pensava, eram mais propícios à criação literária.

Fazia essas considerações enquanto subia a uma duna mais alta. Ali ficou à espera da desconhecida. Dessa vez, sem a interferência da névoa, poderia vê-la com toda nitidez.

Um vento frio começou a soprar ao cair da tarde, e Umberto decidiu voltar à Hécate. Convencera-se, finalmente, de que a mulher de branco não apareceria.

O tradutor fez um café forte e, junto à lareira, passou a ler uma ou outra carta da correspondência de Dickinson. O material, recém-publicado, fornecia detalhes sobre a vida da poeta e falava de suas relações familiares.

Apenas começara a ler quando Rubens, ainda no jardim, se anunciou com um caloroso "ó de casa". E antes que lhe abrissem a porta já estava na sala. Não trazia informações novas sobre a desconhecida. Na verdade, nada conseguira apurar. Perguntara a vários companheiros e todos responderam jamais a terem visto.

No entanto, um pescador afirmou que, anos atrás, certa noite, vira a mulher saindo do mar. Tinha longos cabelos brancos e era muito velha. No rosto, em vez de olhos, duas brasas incandescentes. Neste ponto, Rubens encerra sua narrativa e, rindo, comenta:

– Claro que isso é pura invencionice. O senhor sabe como é: pescador mente muito.

Umberto achou estranho que somente ele tivesse encontrado a mulher de branco. Pensou até mesmo que poderia ter sofrido uma alucinação naquele entardecer de brumas. Mas descartou a ideia. Nunca soubera desse transtorno entre seus parentes.

Era madrugada quando o tradutor desligou algumas luzes e retomou a leitura das cartas. Entre elas, o bilhete de Emily para suas primas, numa cidade próxima. A poeta se despedia e anunciava a própria morte. Umberto se perguntou, então, do que morrem os poetas? E pensou:

Com certeza, não são os males corriqueiros que matam a maioria dos mortais. Nem são os acidentes de carro ou outros desastres. Alguns poetas morrem daquela maneira antiga de morrer: morrem de amor. Mas são poucos.

Na verdade, os grandes poetas morrem da alucinante beleza que carregam dentro de si. Quando as palavras e as rimas, as sonoridades e os ritmos já não mais conseguem dar vazão a tanta beleza, essa mesma beleza os aniquila. Morrem os poetas, portanto, envenenados, intoxicados de beleza. Porque a beleza que fica represada é tão letal quanto uma dose excessiva de cocaína. A beleza que não consegue mais se expressar mata seu portador.

O devaneio foi cortado pelo reboar dos trovões e pela chuva pesada que começara a cair. Era preciso trancar o portão do jardim que, esquecido aberto e agora tocado pelo vento, batia contra o muro. Sem encontrar o guarda-chuva, apanhou um boné e saiu. Foi quando viu, no centro do gramado, a desconhecida que ansiava rever. Silenciosa e frágil, ali estava ela sob a tempestade, iluminada pelo lívido clarão dos relâmpagos. Foi em sua direção, mas ela se afastou, tomando o rumo do mar. Umberto ainda tentou segui-la, mas a perdeu de vista em meio à chuva.

No dia seguinte, ele não conseguiu levantar. Percebeu que estava novamente em sua cama e que a roupa encharcada jazia num canto. Tentou levantar uma segunda vez, mas um torpor pelo corpo todo o impediu. Cobriu-se melhor e adormeceu novamente. Acordou pouco depois com Rubens à entrada do quarto. O leve tom de contrariedade na voz revelava sua preocupação:

– Como não encontrei o senhor na sala, pensei que tivesse acontecido alguma coisa.

– Estou me sentindo esquisito, com muito frio.

O caseiro veio para junto da cama e, com uma intimidade nova, pousou a mão na testa do doente. Surpreso, Umberto fechou os olhos e experimentou uma prazerosa sensação de conforto e segurança. Rubens ficou um instante assim e concluiu:

– Estás com febre. É bom beber bastante água. Temos limão na casa?

A mudança no tratamento que o caseiro se permitira foi outra surpresa. No entanto, buscando compreender e desculpar a falta de reserva do empregado, o tradutor concluiu que sua irreverência era tão somente o coroamento de um longo processo de aproximação e tentativa de controle. Para o que ele próprio contribuíra.

– Não te preocupes. Me alcança uma aspirina. E vê se encontras meu cigarro por aí.

– Nada disso. Não vais fumar por enquanto.

Pouco depois, Rubens trouxe um comprimido e um grande copo de água fresca. Umberto tomou alguns goles e deixou o restante para engolir a aspirina. Em seguida, convidou o caseiro a sentar e relatou o ocorrido à noite – o portão aberto, a violência da tempestade, o enregelante banho de chuva. Mas omitiu a presença da desconhecida no jardim.

A insônia de Umberto, que aos poucos reaparecera, agora se mostrava persistente e indomável. Os chás calmantes revelavam-se impotentes, e ele passava as noites em claro. Rolava na cama por algum tempo, depois se dava por vencido, levantava e procurava trabalhar. Certas noites, lia madrugada adentro. Outras vezes, ficava a trabalhar na apresentação da coletânea. Quando recostado na cadeira preguiçosa, chegava a adormecer. Mas era um sono leve em que, ao mesmo tempo, percebia os sons da noite. Ouvia o piar das corujas nas casuarinas e o lamentoso coaxar dos sapos, num charco não muito longe dali. E se surpreendia a fantasiar com impossíveis passos ouvidos nos quartos fechados, o ranger de gavetas lentamente abertas ou o baque seco do alçapão, que dava passagem ao sótão. Vinham-lhe à mente o rosto e a voz de primos há muito tempo mortos; a severidade autoritária de velhos tios e o pranto de primas por noivados sem razão desfeitos; resplandecente, surgia do passado a beleza já perdida de suas irmãs; o surdo, mas interminável combate com os outros dois irmãos, que sempre o haviam visto como um *bon vivant* por não se ocupar de uma atividade que pudessem considerar verdadeiramente como profissão. Em outras madrugadas, ficava a andar pela sala, a revisar os versos gravados em sua memória.

O que se apresentara como gripe não passara, afinal, de um forte resfriado. Nos poucos dias em que ficou sem sair de casa, Umberto teve a atenção redobrada de Rubens. O caseiro vinha lhe fazer companhia logo que se livrava de seus compromissos. E Mariana, por enquanto, cuidava de sua alimentação. Todas as manhãs, por volta das onze, ela chegava e, depois de cumprimentá-lo, ia para a cozinha. Em pouco tempo preparava caldos e sopas "pro senhor ficar bom logo", dizia.

Desde a noite do temporal, Umberto não mais encontrara a mulher de branco. E, com o prazo dado pela editora chegando ao fim, ele se viu obrigado a dedicar todas as horas ao trabalho.

Certa noite, deu por encerrada a revisão e pronta a versão do derradeiro poema. Começou a lê-lo em voz alta:

> Morri pela beleza, mas estava apenas
> No sepulcro acomodada
> Quando alguém, que pela verdade morrera,
> Foi posto na tumba ao lado.

Antes que desse início à segunda estrofe, outra voz se fez ouvir:

> Perguntou-me baixinho o que me matara:
> "A Beleza", respondi.
> "A mim, a Verdade – são ambas a mesma coisa,
> Somos irmãos."

Uma intensa alegria lhe percorreu o corpo. A mulher de branco estava a seu lado, ao alcance de seu abraço. Mas Umberto se limitou a seguir com o poema:

E assim, como parentes que certa noite se encontram,
Conversamos de jazigo a jazigo,
Até que o musgo alcançou nossos lábios
E cobriu os nossos nomes.

Ao final da leitura, o silêncio tomou conta da casa. Fora, o vento amainou, e dentro da noite nada mais se movia. Somente o tradutor e a mulher de branco pareciam existir. E, em dado momento, como se repentinamente acordasse, deu-se conta de que era o dono da casa e estava recebendo uma visitante inesperada. Convidou-a a sentar. Leve, como se pairasse acima dos ladrilhos, ela foi até um sofá. Ele sentou à sua frente e rompeu o silêncio:

– Há muito sonhava te encontrar. E agora que estou velho, te vejo finalmente.

– Para mim, o tempo não passa, não avança nem recua. Ainda sou a mesma desde os tempos em que eras jovem.

O tradutor revela:

– À noite, quando me encontro só, és a minha única companhia.

A mulher não esconde sua alegria ante a confissão:

– Pelo que ouço, sou a tua única leitura.

– És a minha única resposta – ele afirma.

Ela:

– Não tenho respostas. Mas quando me lês, é a mim que ouves. Falo ao longo dos anos, ao correr dos séculos. Falo eternidade afora. Minhas palavras, minhas rimas e meus versos, eu os digo continuamente. Meus poemas estão sempre fluindo. E, ao mesmo tempo, paralisados. Imutáveis, como se gravados em gelos eternos.

Sabendo da inquietação por trás da criação poética, ele conclui:

– Falas como se a poesia fosse uma obsessão.

– Talvez seja – concede a poeta.

Fez-se novo silêncio. O tradutor acende um cigarro enquanto a mulher fala do passado. Ele já conhecia os fatos que compunham sua vida de reclusa. Lera mais de uma biografia da poeta, porém ouvir a narrativa conferia outra dimensão à história. Em seu relato, a mulher descreveu a pequena cidade em que vivera, o rigor dos invernos nevados, as cores do outono e a desenfreada alegria do verão. Depois, falou na família, evocou os irmãos, a casa, os poucos amigos e o pequeno jardim de inverno onde cultivava flores raras. Aludiu, também, a um obscuro amor que, frustrado, a fizera escolher a clausura na casa paterna:

– Ainda jovem, me sepultei viva. Meus versos resultaram, portanto, de minha morte. Mas se necessário fosse, se para voltar a compor meus poemas tivesse que morrer outra vez, eu certamente morreria de novo.

Ele provoca:

– Então, por que me sinto tão vivo quando te leio?

– Somente tu podes saber.

– Tens razão. Só eu posso saber. Por isso te digo:

O amor é anterior à vida,
E posterior à morte;
É princípio de criação
E expoente do sopro.

Ao que a mulher indaga:

– Devo receber tuas palavras como declaração de amor?

– Sim – ele responde –, escolhi um poema teu para dizer o quanto te amo – e inclinou-se para beijá-la.

Mas ela não permitiu; levantou-se e, indo a uma janela, abriu-a. Olhou a noite por um tempo. Depois, voltou-se:

– Logo será dia. Tenho que te deixar.

Ele não se despediu nem procurou retê-la. Novamente só, foi para junto do fogo, sentou-se e acendeu um cigarro. Fechou os olhos e sorriu.

O jogo de cartas terminara. Como Rubens não está disposto a uma nova partida, o tradutor recolhe o baralho e deixa escapar um bocejo. Mas ao ver que o caseiro veste a japona para se despedir convida:

– Fica um pouco mais. Estou sem sono nenhum. É só preguiça por não ter o que fazer. Terminei meu trabalho e por esses dias o levo ao editor.

– Quer dizer que vais embora, que vais nos deixar?

– Não sei, talvez mande a tradução pelo correio e fique por mais algum tempo.

Rubens se alegra com a perspectiva e volta a encher os copos:

– Era bom darmos uma mão de tinta nas paredes externas. Ainda mais agora que andas recebendo visitas com tanta frequência – insinua, sem encarar o dono da casa. E segue: – Outra noite, te ouvi de novo. Mas não me interessei em saber quem te visitava. E te digo que eu não quis saber. Mesmo assim, fui pra casa meio preocupado. Já quase de manhã sentei na varanda. Não conseguia dormir direito. E, cedo, estava por aqui. Só então fiquei tranquilo, ao ver que tudo estava em ordem.

Fez uma pausa para ver o efeito de suas palavras. Ante o silêncio de Umberto, ele continua:

– Não pretendia te contar, mas houve um arrombamento, não longe daqui. O ladrão assaltou um casal de velhos.

– Por isso precisamos de uma tranca de ferro – Umberto retruca, sem muita convicção, na certeza de que o caseiro está querendo apenas amedrontá-lo. E explica: – A visita que tenho recebido é uma velha amizade, um conhecimento dos meus tempos de estudante.

Rubens insiste:

– Será mesmo?

– Te preocupas por nada – responde, enquanto estende o braço e afaga o ombro do caseiro: – É a mulher que encontrei na praia.

– Quem é ela?

– Por enquanto, não vou te dizer. Aliás, nem eu mesmo tenho certeza – mente. E promete: – Mais tarde, se continuamos a nos ver, te dou seu nome.

Em seguida procura, no bolso do roupão, um cigarro dos poucos que ainda restam. Acende-o e dá uma tragada profunda. A um gesto seu, Rubens lhe alcança o cinzeiro e provoca:

– Devias te casar.

– Na minha idade?

– Por que não?

– Estou velho, meu amigo. Hoje só preciso de tranquilidade e de um canto em que possa trabalhar. Como nesta casa.

– Então te muda pra cá, se é verdade o que dizes. Eu e Mariana cuidamos de ti.

A simplicidade das palavras do caseiro e a possível sinceridade da promessa comovem Umberto. Ele leva algum tempo para responder:

– Vou pensar nisso.

A primavera chegou sem alarde, aos poucos. As atarefadas abelhas e as andorinhas com seus voos rasantes anunciavam o tempo dos jasmins e madressilvas, dias em que as droseras floresciam, ávidas e cintilantes, nos baixios úmidos. A ausência de brumas e o mar, agora azul, convidavam a demorados passeios ao longo da praia.

Umberto já enviara sua tradução à editora e passava as tardes à beira-mar.

À época, ele teve mais alguns encontros com a poeta. Sempre à noite, sem se fazer anunciar, ela chegava silenciosa e furtiva. No entanto, para seu desapontamento, a visitante o mantinha a uma segura distância, sem preocupar-se com o fato de, talvez, parecer indelicada. Procurava, também, os lugares da sala em que fosse menor a incidência de luz. Certa vez, inquirida, ela se justificou dizendo ser de outros tempos.

Durante os encontros, os dois ficavam frente a frente, cada qual ocupando uma cabeceira da mesa, ou sentavam junto à lareira. Raras vezes Umberto conseguiu tomar-lhe a mão e levá-la aos lábios.

Certa noite em que a esperara em vão pôs-se a revirar gavetas no quarto que, antigamente, fora ocupado pelos pais. Por entre velhas fotografias de família, algumas conchas nacaradas e outras miudezas, encontrou um anel de platina. A joia, com sua safira azul, fora extraviada no passado distante. Lembrou-se do desespero da mãe à procura do anel, das crianças a vasculhar os cantos da casa. E, finalmente, das palavras tranquilizadoras do pai ao prometer outro anel, quando as férias terminassem.

Sob a luz, examinou o belo corte da pedra. Depois, guardou a joia num envelope e decidiu oferecê-la à poeta.

Já Rubens, por sua vez, deixou de fazer suas visitas noturnas. Não queria constranger o patrão, tampouco ser um intruso nas longas conversações que ocorriam à noite. Por isso, só aparecia no meio da manhã, quando tinha certeza de que o dono da casa estava sozinho. Nesses momentos, ocupava-se com tarefas de jardinagem. À tarde, retornava para eventuais consertos. E lamentava o fato de Umberto estar, como dizia, "atrapalhado da cabeça", só pensando na desconhecida e sem mais tempo para os longos serões regados a vinho.

Num dos derradeiros diálogos com a poeta, o tradutor falou na sua dúvida quanto a voltar a residir na capital. Ela pergunta:

– Terias que abandonar teus amigos e abrir mão dos círculos literários que, por aqui, não existem. Terias coragem para tanto?

– Faria tudo para não te perder.

Como se não tivesse escutado, a poeta fica em silêncio. Mas ele volta à carga:

– Se eu ficar aqui, neste lugar, sozinho, sem ninguém à minha volta, só eu e a casa, ficarás a meu lado?

– Eu não tenho paradeiro – ela diz.

Sua breve resposta teve para ele o peso da sentença lida a um condenado. Procura argumentos com que rebater as desenganadoras palavras. Como recurso, traz à baila a paixão infeliz que a poeta vivera ao longo da existência:

– Quando amaste aquele homem, tu mesma o disseste, estavas morta. Deixa que eu te ofereça um pouco de vida.

Ela ri:

– Falas como um profeta bíblico.

Ele insiste:

– Permite que te faça viver!

– Impossível. Um mar sem fim nos separa – ela responde. Logo, procura amenizar: – Mas podes cruzar suas águas.

Finalmente, para demovê-lo, a mulher revela:

– Eu não tenho consistência. Imponderável, sobrevivo na minha poesia. E da mulher que fui no passado permanece apenas esta sombra.

Sem saber claramente o que dizer, ele declara:

– Amo a sombra que és.

– Contenta-te com meus poemas.

Nesse momento, entende que não pode tê-la junto de si. E, antes do adeus, se queixa:

– Meu amor nada significa para ti. Tampouco me dás alguma alternativa.

Como que fatigada, ela se apoia no encosto de uma cadeira:

– Não tenho alternativas. Vagueio dentro do tempo, arrastando a minha história. Vou por aí, sem destino. E quando encontro alguém – como encontrei a ti –, sou feliz por um breve período. Depois, tenho que retomar minha jornada.

Umberto vai para a poeta e a abraça. Com voz insegura, reconhece:

– Estou te perdendo.

– Não é verdade. Há um laço estreito que nos prende um ao outro. E tu o conheces – logo toma-lhe o rosto entre as mãos e o beija. Em seguida se desprende, sai para o jardim e desaparece na treva.

Quando o caseiro chegou, pela manhã, encontrou a porta principal apenas encostada. Na sala de estar, Umberto jazia sobre os ladrilhos. Na mesa, uma garrafa vazia e outra com um resto de vinho. Havia também um cálice quebrado e, no tampo da mesa, uma mancha violácea.

Rubens agachou-se junto ao tradutor e procurou reanimá-lo. Murmurou, num misto confuso de afeto e raiva:

– Mas tinha que beber até cair? – e ali mesmo descalçou-lhe os sapatos e o despiu desajeitadamente.

Passou os braços sob as axilas do bêbado e o arrastou, sem grande esforço, até o quarto de banho. Depois, deixando-o deitado no chão, tirou a roupa e ficou nu. Ergueu Umberto novamente e, amparando-o, conseguiu entrar no estreito box. Enquanto com o braço direito mantinha o companheiro de pé, com a mão livre abriu a ducha fria. A água jorrou forte sobre os dois. Assustado, o tradutor tentou abrir os olhos, mas o impacto da água não permitia que os mantivesse abertos. Sem entender o que ocorria, passou a debater-se violentamente, como alguém que se afoga. Mas, o caseiro o imobilizou, e os homens ficaram assim, frente a frente, abraçados. Na tentativa de acalmá-lo, o caseiro, com a serenidade de quem domina a situação, lhe diz sussurrando:

– Sou eu, sou eu, o Rubens – e fechou a água.

Umberto, consciente de novo, olhou o outro nos olhos, murmurou um quase inaudível "obrigado" e, apoiando a testa no ombro do amigo, começou a soluçar.

Corticeira

Na região conhecida por Corticeira, zona rural de São Leopoldo, verdejam as pastagens destinadas ao gado leiteiro. Em épocas de cheia, quando o rio transborda, as águas ao se retirarem deixam uma espessa camada de húmus. O solo, normalmente fértil e generosamente úmido, tem então redobrada sua capacidade de produção.

Embora o rigor dos invernos, com a geada a queimar o pasto, a criação de gado, em Corticeira, vem se mantendo há mais de século. E, em meados da década de 1940, a produção familiar de caseína foi a contribuição do lugar para o esforço de guerra.

Terminado o grande conflito apareceu, vindo de algum país da Europa devastada, um casal com certa quantia de ouro na mala. Traziam também uma filha de grandes olhos verdes e longos cabelos acobreados.

Os recém-chegados compraram a granja de uma senhora que ficara viúva havia pouco e aí se instalaram. Em seguida, matricularam a menina Roswita na escola fundamental, ao lado da igreja.

Mesmo depois de adaptados ao lugar e a seus costumes, Mathias e Marian fizeram poucos amigos. Compareciam, no entanto, a velórios e sepultamentos sempre que tivessem conhecido o morto ou um parente seu. Já nas festas de casamento ou batismo, os cabelos de Roswita causavam espanto e admiração. A cabeleira, de um vermelho raro com vibrantes cintilações metálicas, estava sempre cuidadosamente arranjada. Ao sofrer algum corte, o cabelo, que lembrava o ondular de labaredas, refazia-se em pouco tempo. Transcorridas duas ou três semanas, estava novamente em seu comprimento usual. Nas ocasiões festivas, o casal exibia a menina como quem ostenta uma joia e comentava em seu linguajar marcado por forte sotaque húngaro ou lituano:

– Roswita é nossa única filha; é também o que de mais belo possuímos.

Aos domingos, a família comparecia à missa, embora ficasse um tanto afastada dos outros fiéis. Em julho, época de quermesse, os três eventualmente apareciam nas festividades em honra do santo padroeiro. Certa vez, Mathias chegou a ser convidado para festeiro. Declinou, porém, do convite alegando dificuldades com o idioma.

Na granja, mesmo quando às voltas com a contabilidade ou o preparo do solo, Mathias fiscalizava de perto o serviço dos empregados. Nada lhe escapava e dirigia, com pulso forte, os homens nas suas tarefas diárias. Em pouco tempo, Mathias se firmou como produtor de leite e, sob licença da prefeitura, instalou o primeiro entreposto na região.

Marian, no interior da casa, passava as manhãs na cozinha a preparar as refeições. Às tardes, deixava-se ficar na grande e fresca sala de visitas, onde tecia tapetes a partir de riscos de geométrica simplicidade. Roswita, quando as tarefas escolares o permitiam, sentava ao seu tear e tecia variações dos desenhos da mãe. Aos poucos, os tapetes de Corticeira foram adquirindo alguma notoriedade e acabaram sendo disputados pelo bom preço com que eram oferecidos.

Numa tarde em que mãe e filha teciam tapetes encomendados por uma banca do mercado, a lã vermelha acabou a meio de uma das peças. Como precisava seguir tecendo, Marian procurou convencer a filha a deixar que lhe cortasse uma espessa extensão da cabeleira. Roswita protestou, mas a mãe prometeu usar a tesoura onde o restante do cabelo ocultasse a falha que se produziria. Invocou também o fato de os cabelos crescerem com miraculosa rapidez. No entanto, a argumentação de Marian foi inútil. Roswita deixou seu tear e trancou-se no quarto.

Ao voltar do campo, Mathias ouviu as queixas da mulher. Resoluto, foi até o quarto da menina e ordenou que abrisse. Pai e filha tiveram então uma longa conversa. À certa altura, Marian ouviu o choro de Roswita. Pouco depois, Mathias apareceu acompanhado da menina.

– Podes cortar-lhe o cabelo – disse para a mulher. – Wita não se importa.

Naquela noite, com o cabelo tosado, a garota não dormiu. Sentia-se ultrajada e nua. Na manhã seguinte, não foi à aula. Estava um tanto febril, ficou na cama, recusou o chá preparado pela mãe e prometeu a si mesma nunca mais sentar ao tear.

A partir de então, quando os novelos vermelhos terminavam, Roswita se via constrangida a permitir o corte do cabelo. Os tapetes ganharam, assim, uma nova e intrigante textura. Em seu desenho apareciam fios desconhecidos, com o brilho do cobre polido, a cintilar soberbos por entre as lãs da trama.

Na escola, Roswita se destacou em educação física e em aritmética. E tinha notória dificuldade em linguagem, o que era compreensível, segundo sua professora, pois a criança vinha da Europa e seu idioma nativo era outro.

Cumpridos os cinco anos do curso, os pais a matricularam no Colégio Anglicano, em São Leopoldo. Situado sobre uma colina, distante do rumor da cidade, o colégio era famoso pela qualidade de seu ensino. Professores de renome compunham o corpo docente, e a disciplina prussiana reinante fazia dobrarem-se até mesmo os alunos mais rebeldes.

No pensionato para meninas, situado a uma boa distância do internato dos rapazes e dirigido pela sempre atenta Dona Úrsula, a chegada de Roswita causou grande alvoroço. Sua cabeleira, ou o que dela restava, pois fora rapada antes da viagem, fulgurava à mais tênue incidência da luz.

Quando o rumor se aquietou e os cabelos voltaram ao comprimento de sempre, Dona Úrsula mandou chamar Roswita no escritório. Depois de relembrá-la do horário de apagar a luz à noite e de como estender corretamente a cama pela manhã, aconselhou que mantivesse o cabelo sob a forma de trança presa no alto. Sugeriu também, embora de modo autoritário, que por razões de higiene o lavasse duas vezes por semana, tanto no verão quanto no inverno.

Algumas semanas depois, a cabeleira já não mais causava espanto, ainda que todos se maravilhassem e muitos quisessem explicar seu mistério. O professor de ciências naturais chegou a pedir uma mecha para examiná-la ao microscópio. Acabou por concluir que o cabelo nada tinha de estranho.

Ana, colega de quarto de Roswita, era a mais entusiasmada. Era ela quem propunha novas maneiras de trançar o que chamava de “fogo vivo” e, nas tardes de sábado, as duas ficavam no quarto a testar novos penteados. E era Ana, também, quem trazia para a amiga os bilhetes apaixonados de um ou outro garoto mais tímido. Os mais audaciosos, sempre que Roswita se descuidava, passavam-lhe a mão na trança, como se quisessem tocar seu resplendor. Já as meninas, em sua maioria, lhe tinham inveja e comentavam que Roswita era filha de bruxos oriundos da Estônia. Seus pais teriam abandonado a pátria para escapar à cadeia por muitos delitos cometidos. A fulgurante cabeleira era prova de que a colega tinha antecedentes suspeitos. Mas Roswita não se abalava. Sabia lidar com tais reações de amor ou inveja e se sentia até mesmo lisonjeada.

Também entre os professores havia um ou outro que se perturbava com a presença da garota na classe. À noite, com o coração em disparada, subitamente despertavam em meio a sonhos confusos nos quais Roswita era a figura central. No dia a dia, porém, vergavam-se ao rigor moral e ético do colégio, policiando-se contra qualquer voo mais ousado da imaginação. Nada diziam sobre as noites maldormidas e, para melhor se protegerem de inconfessáveis desejos, afetavam uma indiferença impossível. Na inútil tentativa, acabavam por tornar-se mais exigentes e até ríspidos para com a aluna.

Havia algum tempo que Pery, o professor de educação física, vinha notando o desempenho de Roswita nos exercícios com aparelhos. Procurava incentivá-la e acenou com a possibilidade de, aprimorando seu natural talento, tomar parte em torneios juvenis.

Ao entrar para o pequeno e seleto grupo dos pupilos de Pery, a menina passou a receber treinamento após as aulas de educação física. Sujeitando-se à disciplina que o professor lhe propunha, Roswita chegou, em pouco tempo, a ter uma bela participação nas competições. Para orgulho do professor, a garota quase sempre alcançava um honroso segundo lugar, quando não o primeiro.

Num final de tarde, terminada a aula e dispensada a turma, Pery mais uma vez a reteve no ginásio. Quando Roswita fechou os olhos para melhor se concentrar, o professor se aproximou e a beijou-a na boca. Com o choque da surpresa, a menina não reagiu. Pery a manteve entre os braços e segredou-lhe ao ouvido:

– Eu te adoro.

Um calor repentino tomou a face de Roswita. Quando conseguiu se livrar do abraço, correu para o pensionato. No banheiro, não lavou a boca nem passou o dorso da mão pelos lábios. Mas olhou-se no espelho. Logo percebeu que nada mudara: as sardas ainda lhe coloriam as maçãs, e a boca preservava o bonito desenho dos lábios. A luz do olhar, porém, era outra. Agora, mais clara e mais intensa.

Enquanto se mirava, rememorou o ocorrido. Lembrou que o professor não aludira ao brilho de sua trança nem brincara com seus fios metálicos. E reconheceu que gostara do beijo. Gostara mais ainda do cheiro do suor de Pery misturado a um remoto aroma de lavanda, que a barba escanhoada do professor ainda exalava. E murmurou:

– Não vou contar nada a ninguém. Nem sequer para Ana.

Ao longo do tempo que ainda restava para completar o curso, Roswita continuou a encontrar-se a sós com o professor. Sempre que possível, Pery a retinha no salão de ginástica. Os exercícios, no entanto, nem sempre aconteciam. Professor e aluna ficavam conversando de mãos dadas, trocando beijos e carícias. Com o passar do tempo, Roswita não raramente tomava a iniciativa. Nesses momentos, quando a audácia da mocinha irrompia, o professor, encorajado, erguia-lhe o saiote azul marinho, e as carícias se tornavam mais íntimas.

Numa dessas ocasiões, Pery, como sempre fazia, trancou mais uma vez a porta do ginásio. A desculpa para tanto era conhecida: a porta chaveada impedia os intrusos de perturbarem a concentração da ginasta. Inesperadamente, em meio à troca de beijos, bateram à porta. Num salto, o professor foi atender. Antes de girar a chave, olhou na direção do colchão de lona verde onde estivera deitado com Roswita. Ela, porém, já estava nas barras paralelas. Pronta para executar outra série de movimentos.

– O senhor me desculpe interromper, professor – disse o servente, com o olhar fixo em Roswita –, de manhã, esqueci minhas luvas de borracha. Estão ali, em cima do banco.

Pery o deixou parado à porta e foi buscá-las. Após despachar o homem, liberou Roswita com um beijo na face. Por aquele dia, os exercícios estavam encerrados.

Os treinos de Roswita, as medalhas conquistadas e a atenção que Pery lhe dispensava acabaram por aguçar a curiosidade de algumas meninas. Tentaram ver o que se passava no salão. Mas as janelas basculantes, além de estreitas, ficavam fora do alcance de quem quisesse espiar. Frustradas, desistiram de escalar as paredes. No entanto, a curiosidade insatisfeita as levou a revelar suas suspeitas à Dona Úrsula. Na breve entrevista, a líder do grupo insinuou que Roswita e o professor poderiam estar envolvidos em outras atividades, não atléticas.

Depois de ouvir com fria atenção, Dona Úrsula apenas informou que a direção do colégio estava ciente dos treinos. Ainda, que Roswita não era a única a se exercitar. Havia mais alunos, em outros dias, que recebiam a mesma atenção do professor. Em seguida, as dispensou. A maliciosa conspiração terminou aí.

Ao longo dos quatro anos de ginásio, Roswita passava um fim de semana por mês na casa dos pais. Mathias, em seu Chevrolet, buscava a filha em torno do meio-dia de sábado e a trazia de volta na segunda-feira para a primeira aula. Durante as visitas, Marian, para a silenciosa raiva da filha, cortava-lhe o cabelo pois que, a essa altura, os compradores estariam exigindo "um desses tapetes que têm aqueles fios de certo metal desconhecido".

Quando Roswita voltava ao colégio, Pery se desesperava ao rever, agora mutilado, seu objeto de adoração. Inconformado ante a cabeça rapada de Roswita, tornava-se mais frio nas carícias. Sua paixão, no entanto, voltava a se avivar quando, passado o tempo necessário, a cabeleira de novo resplandecia em todo seu comprimento.

Poucos meses antes da formatura, chegou à cidade o Gran Circo e Politeama Oriente. Armado junto ao cais, à beira do rio, o circo oferecia uma variada programação. Entre as atrações figuravam dois palhaços, um grupo de bailarinas cubanas frívolas (assim descritas nos volantes distribuídos), Titânia, a mulher-homem, o mágico Van Loon, Caveirinha, piloto do globo da morte, e Johnny Boy, o trapezista namorado das estrelas. Nas quartas-feiras, após a matinê com programação especial voltada aos jovens, havia teatro de comédia. E aos domingos o circo-politeama apresentava drama forte em seu palquinho.

Quando a notícia do circo chegou ao colégio, a direção o considerou uma boa oportunidade de diversão para os alunos. No contato com os proprietários, ficou acertado que as diferentes turmas da escola iriam ao circo nas quartas-feiras, quando tinham a tarde livre. E aqueles interessados por teatro, de momento envolvidos na encenação de *Os burgueses de Calais*, poderiam assistir ao drama na sessão *vermouth*. Coordenado por Mademoiselle Duparc, a professora de francês e orientadora do clube de teatro, o grupo de alunos posteriormente discutiria a peça assistida.

Entre os professores dispostos a levar as turmas, Pery foi escolhido pela maioria. Sem dúvida, a escolha se devia à jovialidade do professor e à sua juventude (era apenas alguns anos mais velho do que os alunos do terceiro ano colegial).

Na tarde designada para a turma de Roswita, o ônibus fretado veio buscar os alunos e os deixou em frente ao circo. Pouco depois, o grupo estava acomodado nas arquibancadas. Ao procurarem os assentos, houve disputa entre as meninas. Todas queriam sentar ao lado de Pery. Roswita, com a trança escondida sob uma boina, evitou a competição e ficou ao lado de Ana, bastante longe do professor.

Ao correr da apresentação, sob a luz branca do picadeiro, Roswita pôde observar a beleza e o ritmo das bailarinas cubanas, a habilidade do mágico e a duplicidade do trapezista – nas alturas, um pássaro arrojado e leve; sobre a serragem do chão, um Adônis de corpo sólido e músculos definidos. Ao final de seu número, enquanto agradecia os aplausos, era possível perceber, acentuada pela maquiagem, sua arrebatadora e quase feminina beleza. Roswita o encarou por um tempo e pensou:

– Se eu fugisse com o circo, trabalharia com Johnny Boy no trapézio.

Depois, procurou com o olhar o perfil do professor. Deixou-se ficar assim, absorta, em busca de algo no rosto de Pery. Mas nada percebeu de notável, nenhum sinal, nem marca alguma. Descobriu, no entanto, que jamais poderia partir com o circo. O amor a impediria.

No primeiro encontro em que estiveram novamente a sós, Pery, um tanto inseguro, pediu explicações. Queria saber o que sua amada vira no tal trapezista, por que olhara tão embevecida para o homem. Roswita desceu das barras paralelas e veio para junto dele:

– O trapezista é o homem mais belo que já vi. Ninguém é tão bonito quanto ele. Nem tu. Porém, mesmo que ele fosse o único homem no mundo, juro que me sentava numa pedra e ficava te aguardando pelo resto da vida. Se não viesses, eu ficaria velha à tua espera e morreria sozinha.

O professor ouviu em silêncio. Depois, foi até a porta para certificar-se de que estava trancada. Voltou para Roswita e delicadamente tirou-lhe a roupa. Em seguida, se despiu e com ela se deitou sobre o colchão de lona verde.

Dias antes da formatura, os amantes marcaram encontro na praça, junto ao rio. Chegaram separadamente e discutiram detalhes de sua fuga, que em breve deveria acontecer.

Ficou acertado que, após a formatura, Roswita voltaria para casa com os pais e, numa noite a ser combinada, sairia para encontrar o amado longe da granja. Levaria consigo alguma roupa, deixaria um bilhete para o pai e um presente para a mãe. Em Rosário do Sul, seu destino final, poderiam ficar o tempo que quisessem na casa da mãe de Pery. Ele arranjaria emprego no colégio marista e, mais tarde, poderiam mudar-se para um centro maior, talvez para a capital. O mais importante, no momento, era partir estrada afora. Finalmente, contou a novidade: preparando a fuga, sacara suas economias e comprara um motociclo com *sidecar*.

Terminado o curso, Roswita disse adeus aos professores e à Dona Úrsula. A despedida de Ana acontecera à tarde, no quarto. Ao se abraçarem, ambas choraram um pouco e prometeram voltar a se ver em breve.

Naqueles poucos dias que passou em casa, Roswita voltou a tecer tapetes, agora com desenhos mais elaborados. Sua cabeleira ainda não fora cortada por Marian, e Mathias fazia planos para a filha. Pretendia matricular a moça no curso colegial, na mesma escola, em São Leopoldo. Mais tarde, ela poderia escolher entre cursar agronomia ou medicina veterinária. O que seria muito bom para os negócios da família.

Certa noite, Marian acordou inquieta. Tinha o sono leve e ouvira algo como se tivessem aberto uma janela. Ficou atenta no escuro e ouviu o relógio da sala bater meia-noite. Os cães, porém, não tinham dado sinal de alarme e Marian se tranquilizou, convencida de que não havia motivo nenhum para susto.

No entanto, sua filha estava, naquele momento, encontrando o professor. À luz da lua, Pery notou que Roswita tinha novamente a cabeleira tosada. Começou a reclamar, mas se conteve, pois lembrou do combinado no último encontro. Então deu-lhe um beijo, acomodou-a no *sidecar* e partiram.

Na manhã seguinte os pais encontrariam, no quarto da filha, um bilhete para Mathias. Em poucas linhas, Roswita se despedia e fazia algumas considerações sobre sua vida na casa dos pais. Evocava, também, aquele entardecer em que Mathias com ela se trancara no quarto e a forçara a aceitar o corte dos cabelos. Terminava prometendo mandar notícias pela posta-restante. Para Marian, deixava sobre a colcha da cama, atada com um laço de seda, a longa cabeleira a rebrilhar em suas nuances de metal.

IMPRESSÃO:

GRÁFICA EDITORA
Pallotti
IMAGEM DE QUALIDADE

Santa Maria - RS - Fone/Fax: (55) 3220.4500
www.pallotti.com.br